沢野いずみ
illust. ゆき哉
負けヒロインに転生したら聖女になりました

アルフレッド
レント村出身で、
レイチェルの幼馴染。
勇者として覚醒した。
レイチェル
レント村の村娘。
聖女だけが持つ白属性の
魔法の使い手。

ローザ
グリネイル王国の王女。
ヴィンフリート
魔王。
レイチェルに惚れる。
Characters

Contents

I became a saint when I was reincarnatedas a losing heroine.

負けヒロインに転生したら聖女になりました

沢野いずみ

Jノベルライト文庫

〔イラスト〕　ゆき哉

1章　負けヒロインに転生した

あ、ここファンタジーRPGゲームの世界だわ。

そう思い出したのは、高熱があることに気付かずにぶっ倒れて頭を打ったときで。

このゲームの主人公がそんな私を見て大泣きしている少年だと認識して、視界がブラックアウトした。

◇◇◇

前世、日本の女子高生だった私がやっていたファンタジーRPGゲーム。
その名も『勇者よ永久に』
これの読みが『とわ』だったか『えいきゅう』だったか忘れたけど、勇者が魔王を倒して世界を平和にするという、オーソドックスファンタジーゲームだった。

何でそう確信を持てるかというと、今住んでいる村の名前に覚えがあるからだ。

レント村。

それは主人公である勇者が一番初めに登場する村であり、彼の生まれ育った村でもある。

「レイチェル大丈夫……？」

泣きそうな顔で私を覗き込んでいるのは、隣に住んでいる同い年の幼馴染《おさななじみ》、アルフレッドだ。

サラサラと流れる艶のある黒髪。綺麗な緑色の目からは涙が滲んでいる。まだ幼いが、大きくなったらさぞ美青年になるだろう美しい顔立ち。

「……」

私はアルフレッドをじっと見つめる。

「ど、どうしたのレイチェル？　そんなに見られたら照れちゃうよ……」

可愛《かわい》い。

「……アルフレッド、聞いておきたいんだけど」

私は照れるアルフレッドから視線を逸らさず訊ねた。

「あなたと同じ名前で、同じ歳で、同じ髪色をした少年って、この村に他にいないわよね」

「レイチェル、熱でちょっとおかしくなったの……？　この村にそもそも黒髪は、俺と母さんしかいないよ」

「そうよね……」

こんな狭い村で他に同じアルフレッドがいるはずない。

そもそもこんな美少年がモブなはずがない。

つまり、アルフレッドは——ゲームの主人公、勇者である。

「一応聞いておくんだけど、レイチェルっていう名前であなたの幼馴染って私の他に——」

「いるわけないじゃないか」

そうよね。そうよね。

私しかいないわよね！

私は目の端からツー、と涙を流した。

「わあ！　レイチェル大丈夫⁉　やっぱり辛いんだ！　おばさん呼んでくる！」

私の涙を見たアルフレッドはバタバタと部屋から出て行った。

身体は確かに辛いが、熱のせいで泣いたのではない。

「私がレイチェル……」

この村出身で、勇者の幼馴染のレイチェル。

それは自分がどんな存在かを明確に表していた。

「私、負けヒロインじゃないのー!!」

◇◇◇

レイチェル・ウルケッド。

ウルケッド家の長女。両親と、ちょっと生意気な弟リルと暮らしている。

レント村で生まれ育ち、隣に住むアルフレッドとは生まれたときからの幼馴染。

平穏に暮らしていたけれど、あるときアルフレッドをかばって失明してしまう。

その後、アルフレッドは勇者となって聖女と結ばれるが、レイチェルはそんな二人を見て、寂しい笑みを浮かべて祝福する、そういうキャラだ。

つまり俗に言う負けヒロイン。

に、私は転生してしまったらしい。

「そんなの絶対嫌！」

百歩譲ってヒロイン役を譲るのはいい。だけど、だけど！

なんで失明しなきゃいけないのよ！

いや、ストーリー的にアルフレッドの勇者覚醒《かくせい》のきっかけや、後悔となってゲームを面白くするためのエッセンスというのはわかる。

だけど私は、普通にこれからも本を読みたいし絵も描きたいし、ここがゲームの世界だと気付いたからにはいろいろ見たいし、やりたいことといっぱいあるのよ！目、大事！　目！

「今まで美人に生まれてラッキーとか思っていたけど今はそれが憎い……！」

そりゃあ美人だろう。一応負けヒロインだけど、ヒロイン枠である。美人設定にしたほうが需要がある。

私は熱がやっと下がった怠《だる》い身体を起こす。貴族ではなくただの村人なので、誰かが離床の手伝いなどしてくれない。正ヒロインの聖女様は王女だったから、きっと至れり尽くせりなんだろうな。いいな。

自力でベッドから起き上がって、近くに置いてある鏡を手に取った。

絹糸のような艶のある金髪。前世では手に入れられなかったサラサラストレートヘアに指を通すと、ありえないほど引っかからず、さらりと流れる。

髪と同じ色の長いまつ毛に縁取られた青い瞳が、まるで宝石のようにキラキラしている。

村人で、親の畑仕事を手伝っているというのに、日焼けしていない白い肌。保湿クリームなど手に入れられないから何もしていないのに、どこを触っても滑らかだ。

「すごいわ、負けヒロインのスペック……」

手入れしていないのにこれだ。もし手入れするようになったらどうなるのだろう。まあそこまでするお金がないから、したくてもできないけれど。

「でも所詮負けヒロインなのよね……」

結局主人公に選ばれない悲しい役どころだ。スペックの無駄遣い。

「でも負けヒロインでこれなら、ヒロインのお姫様はもっとすごいのかしら……」

確かふわふわのパステルグリーン髪に黄色い瞳の可愛らしい感じだったはず。ちょっと見たい。

「……ってそれどころじゃないわ！」

私は雑念を吹き飛ばすかのように頭を振った。

「私の危機を回避しないと……！」

このまま何もしないでいたら私は悲しい結末を迎えることになる。

今のアルフレッドには幼馴染以上の感情はないので、結ばれないのは別にいい。

お姫様とどうかお幸せに。

だが失明は嫌だ！　今後の人生に関わる！

避けられるなら避けたい！

「何で失明したんだっけ……」

思い出せ私。大事なところ、大事なところだ……！

「あ、そうだ！」

うんうん唸ってようやく思い出した。

「村に魔物が来るのよ！」

ある日、村に魔物がやってきて村人を襲うのだ。

私とアルフレッドも逃げるが、アルフレッドが魔物に攻撃されそうになってしまう。

そこで私が魔物からアルフレッドを守ろうとして、魔物の吐き出した毒を目に受けてしまうのだ。

そして失明し、負けヒロインになる。

「魔物が来るのは、確か主人公である勇者が十八歳のとき……今は十歳……まだ時間があるわ！」

私は鏡をベッドにポイッと投げ捨てた。

「そうと決まったらやることは一つ！」

私は部屋を出て走る。病《や》み上がりなのでちょっと息苦しい。

リビングに着くと家族が全員そろっていた。筋肉質な父、おっとり穏やかな母、生意気だけど憎めない弟。それが私の家族構成だ。

「あら、もう動いていいの？　畑仕事も今日は手伝わなくていいわよ」

私に顔立ちが似た母が、私の少し汗ばんだ頭を撫でる。ヒンヤリした手が気持ちいい。

「え、ずるい！　僕も！」

テーブルに座って牛乳を飲んでいた五歳の弟のリムが、口周りを牛乳まみれにしながら抗議の声をあげる。

「リムも体調悪いときは休んでいるでしょう？」

「そうだけど……でもいいなぁ、お姉ちゃん」

口についた牛乳を拭いてもらいながら母に諭されたリムは不満そうだ。畑仕事は疲れるから、幼いリムがずるいと思うのは仕方ない。私だって休めるなら休みたい。

前世の記憶を取り戻す前はリムのことを生意気だ！　と思っていたけれど、今は不思議と可愛いと思える。だって私の精神は女子高生。まだ五歳のリムは、今の私から見たら可愛い盛りだ。

私はリムの頭を撫でると、リムがぎょっとした顔をした。

「お姉ちゃんがおかしい！」

「ちょっとリム、失礼じゃない？」

「だって、お姉ちゃんが優しい！」

本当に失礼だ。今までだってひどい姉であった覚えはない。ただリムがわがますぎて叱ることが多かっただけだ。

「お母さん、私もう体調大丈夫だから畑仕事やるよ」

「まあ、いいの？　無理しないでね」

今は繁忙期《はんぼうき》なのだ。休んでいられない。

「それよりお父さん！」

「んあ？」

テーブルでパンをかじっていた父が、急に声をかけられ、間抜けな声を出した。

「どうしたレイチェル？　あ、そうか、飴が欲しいか？　熱が出たからな、特別だぞ？」

ムキムキマッチョな父がそっとポケットから飴を出す。

飴は父の体温でちょっと溶けていた。

不満そうな私に、父が再びポケットに手を入れた。

「なんだそれじゃ足りないか？　レイチェルは母さんに似て強欲《ごうよく》だなぁ」

「お父さん……？」

後ろで怒りのオーラを出す母が気にならないのか、父が今度はビスケットを差し出した。ちょっと湿っていた。

お菓子をポンポン出す父に、母が怒る。

「お父さん、また甘やかして！」

「いいだろ別に！　体調悪かったときぐらい！」

「それに私が強欲ってなんですか！」

「そこだろ、本当に怒ってるのは！」

とてもくだらない夫婦喧嘩が始まりそうなので、私は二人の間に入った。ちなみにリムは「僕も欲しい……」と指をくわえていた。でも残念ながらこれはお姉ちゃんのです！

「お父さんお母さん、あとにして！」

「レイチェル、違うのよ、お母さんは強欲なんかじゃないのよ」

「レイチェル、お母さんの言うことは真に受けちゃダメだぞ」

お父さん！　話が進まないから黙ってて！

「お父さんに願いがあるの！」

私はビスケットと飴をポケットに詰め込んだ。もらえるものはもらっておく主義だ。リムが「僕も……」と言っていたけど気付かなかったフリをした。

私はマッチョな父に詰め寄った。

「剣を教えて！」

◇◇◇

私の父は農夫をしながら、村の警備の総括をしている。ただの警備ではない、総括である。

つまり剣の腕はこの村一番なのだ。

そして警備をしているということは、のちに魔物に村が襲われるとき、真っ先に犠牲となるのが父だ。負けヒロインが悲しみに暮れている場面がゲームでもあって、私もプレイしながら負けヒロインの気持ちになって泣いた。

お父さんのためにも、強くなってみせる！

幸いあと八年あるのだ。それまで毎日死ぬ気で頑張ればきっと何とかなる！

「よし！　やるか！」

「はい！」

「はいっ」

ムキムキ父の声に私とアルフレッドが返事をする。

「……いや何でアルフレッドがいるの……？」

「だ、だってレイチェルが今日から剣を習うって言うから」

なぜか照れたように頬を赤く染めて言われた。何で照れてるの？　今どこに照れる場面あった？

「母さんがみんな用にサンドウィッチ作ってくれたよ」

そう言ってアルフレッドが手にしていたカゴにかかっていた布を取った。

中にはサンドウィッチがぎっしり詰まっている。トマトとレタスのサンドウィッチに、魚とキュウリのサンドウィッチ。パンはおばさんの手作りだろう。あ！　苺と生クリームのサンドウィッチもある！

「おぉー、豪華だなぁ！」

食べ物に弱い父が嬉しそうにする。

「ね？　だから俺も習っていいよね、おじさん？　レイチェルもいいよね？」

うっ……。

こんなおいしそうなサンドウィッチを見せてから聞いてくるなんてずるい！

「もちろんいいぞ！　な！　レイチェル！」

「うん……苺のサンドウィッチは私のね！」

大事なことなのでしっかり主張する。苺と生クリームのサンドウィッチは私の大好物なのだ。特にアルフレッドのお母さん……レニおばさんが作ってくれた苺サンドは別格だ。

「やった！　よろしくお願いします！」

アルフレッドが父にサンドウィッチの入ったカゴを渡す。賄賂《わいろ》だ。賄賂以外のなんでもない。

お父さん！　覗き込んでいるけど、一人で勝手に食べないでよね！

「よーし、じゃあやるかぁ」

ちゃっかり一緒に習うことになったアルフレッドと隣同士で並んで、父から木刀を受け取る。

予定と違うけど、まあいいか……アルフレッドも強くなってくれたら父の死亡フラグと私の失明フラグをへし折れる可能性が高くなるもんね！

「まずは素振りだな！」

父が木刀《ぼくとう》を構える。

「いいか？　こう握るんだ」

父の木刀の持ち方を見て、私も同じように握る。木刀が重いけど何とか握れた。でも重い。すごく重い。いや重すぎる。手がプルプルする。

「お、よしよし、アルフレッドはいい感じだな」

ちらりと隣を見ると、アルフレッドがしっかりと木刀を持ち構えていた。

嘘でしょう？　何であんなに平気そうなの？　私は持っただけで腕がもげそうよ？

「じゃあそのまま素振りをしてみろ」

「はい！」

アルフレッドが元気のいい返事を返し、その場で素振りをし始める。

「おー、アルフレッド！　お前太刀筋《たちすじ》いいなあ！　見どころあるぞ！」

「ほ、本当ですか⁉」

アルフレッドが嬉しそうに顔をほころばせる。

一方私は――。

「……レイチェル？　素振りはどうした？」

私はその場から動けないでいた。

「ふ……」

「ふ？」

「振れない……」

木刀が持ち上がらなかった。

「……まずは筋トレからだな」

「…………はい」

◇◇◇

父から剣を習って三か月が経った。

「お、おかしい……」

この三か月、私は毎日毎日毎日、それはもう毎日筋トレをした。

三か月も筋トレをしていたらそれなりに筋肉や体力がついてもいいはずだ。

しかし現状は――。

「も、持ち上がらないぃ……！」

木刀を持ち上げて振り下ろすことさえできない状況である。

おかしい。腕は相変わらず枯れ枝のように細いし、筋肉がついている気がしない。

そういえばゲームの世界でも、私のビジュアルは儚そうな美人だった。

まさかキャラ設定的に筋肉つかない体質……⁉

「アルフレッドは上達してるんだけどなあ」

私がアルフレッドの方を見ると、アルフレッドはもう素振りの段階を終え、父の作った特製人形を木に括《くく》り付けて、剣の練習をしていた。

なんだろう、アルフレッドが上達するのはいいことなのに、この取り残された感じ。悔しい。

木刀を持ってどうすることもできずにプルプル震えている私に、父はうんうんと納得した様子で頷いた。

「こりゃダメだな！」

さらっと父に匙《さじ》を投げられ、ショックで気合で持っていた木刀を地面に落とした。

「お前に武術は無理だ！　才能がない！　あきらめろ！」

「才能がない……」

はっきり言い切られて悲しくなる。

「大丈夫だよ、レイチェル」

アルフレッドが落ち込んでいる私の肩を優しく叩いた。

「僕がレイチェルの分まで強くなるから！」

キリッとした表情を作りながらそう言うアルフレッドに、私は何とも言えない気分になる。

それが保証できないから私はこんなに頑張っているのよ！

ゲームの中では、アルフレッドはまったく魔物に歯が立たなかった。だからゲームのレイチェルは、アルフレッドを身を挺して守ったのだ。

「剣ができなかったらどうしたらいいのよー！」

泣き崩れる私に、アルフレッドがオロオロする。

「レイチェルにはきっと剣以外の才能があるんだよ！　ほ、ほら、野菜作りとか！　料理とか！　裁縫《さいほう》とか！」

そんなものできても魔物は倒せない。

泣き止まない私に、アルフレッドが言った。

「あ、あとは……ま、魔法とか……！」

アルフレッドの言葉に私は泣くのをピタリとやめた。

泣き止んだ私にほっとした様子のアルフレッドに近付く。

「魔法……？」

「う、うん……」

魔法……。

私はアルフレッドの言葉でようやく思い出した。

そうだ、ここは剣と魔法のファンタジー世界。

魔法がある！

「そうよ！　魔法よー！」

私は父に駆け寄った。

「お父さん！　私魔法習いたい！」

「魔法？　まだ早いんじゃないか？」

この世界では一般的に魔法を習うのは十三歳からとされている。

しかし別に法律で十三歳からと決まっているわけじゃない。ただの昔からの慣習だ。小さいうちに使えると、ふざけて家を燃やしたりする子供が出てくるからだ。

普通におふざけで家を燃やされるとか恐怖しかないな……。

「早くない！」

むしろ十八歳で魔物を倒せるレベルになるには遅いぐらいである。

「教えて！　今すぐ！」

私は父のマッチョな足にしがみ付いた。

何で父はこんなに筋肉付くのに私には付かないんだ。親子なのに！

「わかったわかった！　じゃあまず初歩的なのからな。アルフレッド、お前も習うか？」

「はい！」

アルフレッドが瞳をキラキラ輝かせる。

アルフレッドも魔法に憧れるお年頃だったのだろう。ダメだダメだと言われるほどやりたくなるのが人間だもの。十三歳まで待たなくていいならすぐにやりたいはずだ。

「じゃあ初歩的なものからな。まず火の魔法」

父は足元に落ちていた木の枝を拾った。

「やり方は簡単だ。集中して、火がつくように念じればいい」

父がじっと木の枝を見つめていると、ボワッと先端から火が出た。

「な？　ほら、お前たちもやってみろ」

私とアルフレッドはそばに落ちていた木の枝を拾ってじっと念じた。

「わぁ！」

アルフレッドの木の枝にはすぐに火がついた。

「おお、アルフレッドは魔法も得意そうだな」

「えへへ」

父に褒められてアルフレッドは嬉しそうだ。

わ、私だって。

「う～ん……！」

私は必死に火がつくイメージを頭に思い浮かべながら木の枝に向かって念じた。

何度も。何度も。それはもう何度も。

「……お父さん、つかないんだけど」

「お、おかしいな……」

父が困ったように頭を掻いた。

「誰でもできるはずなんだが……でも得意な属性とかもあるから、もしかしたらレイチェルは火属性の魔法が苦手なのかもな。よし、じゃあ次は土にしよう！」

父は地面に手をかざした。

「いいか。地面の土が盛り上がるイメージを思い浮かべるんだ。そうすると……ほら！」

父が手をかざしたところから、土がぽこりと盛り上がった。

「今度こそ大丈夫だ！　二人ともやってみろ！」

「はい！」

「うん……！」

土がポコッと！　土がポコッと！

「わぁ！　できたあ！」

「アルフレッドは覚えが速いなぁ」

土が……ポコッと……。

「ならない……」

私の悲哀に満ちた言葉に、盛り上がっていた二人がハッとした様子で口を閉ざした。

父がそっと私に近付く。

「レ、レイチェル？　めったにないことだけど、二属性苦手なこともあるさ！　まだ水属性と風属性が残ってる！　あきらめるな！」

「お父さん……」

そうよ！　あきらめるわけにはいかない！

あきらめたら負けヒロイン確定だから！

「やってみる！　私やる！」

「それでこそ俺の娘だぁ！」

◇◇◇

無理でした。

「どうしてなんでどうして」

自宅でテーブルに突っ伏して悲しみに暮れる。

「おかしいなあ……魔法が使えないなんて」

父が首を捻るが、実際使えないのだから仕方ない。

「レイチェル！　大丈夫だよ！　魔法が使えなくても、レイチェルは野菜作りや、料理や裁縫《さいほう》が得意じゃないか！」

「ええ、実に庶民的な特技ですよ……」

「レイチェル……」

やさぐれる私にアルフレッドが心配そうな声を出す。というか、剣のときと慰め方同じなんだけど。それしか才能ないってこと？

「うーん、よしわかった！」

父が自分のムチムチな太ももを叩く。

「レイチェル！　神殿に行くぞ！」

「え？　神殿？」

父の言葉に私はテーブルから顔を上げる。

「どうして神殿？」

「神殿でどの魔法が得意とか調べられるんだよ。一度調べてもらおう」

神殿で……調べられる……!?

「お父さん!　ありがとう!」

私は父に抱き着いた。

「でもそういうの寄付とか必要なんじゃないの?」

我が家はすごく貧しいわけではないけど裕福でもない。そんなゆとりはなさそうだが……。

「気にするな」

父がニコッと笑う。

「しばらくおやつなしな」

あ……そこ削るんだ……。

◇◇◇

「ここが神殿……」

神殿は各所にあるらしく、うちの田舎の村からでも馬車で一時間のところにあった。

よかった。何日も移動とかだったらどうしようかと思った。

「ようこそお越しくださいました。こちらへどうぞ」

父からの寄付金を受け取り、にこにこと目の細い穏やかなおじいちゃん神官が中へ案内してくれる。

ああ、さようなら、私のおやつ代……。

「ドキドキするね」

なぜかちゃっかりついてきたアルフレッドが私の耳元でこそこそ話しかけてきた。

「そうね」

これで私の得意属性がわかるのだ。そうしたら魔法が使えるはず……！

そして負けヒロインフラグをへし折れるはず！

「ではこれに手をかざして」

水晶玉が鎮座《ちんざ》している場所に導かれ、そこに手をかざすように優しい声音で言われる。

私はゴクリと唾を飲み込み、そっと手をかざした。

透明色だった水晶に私が手をかざした瞬間、何やら白い靄《もや》のようなものが浮かびあがった。

穏やかにしていた神官が、糸目をカッとかっぴらいた。

「こ、これは……！」

神官が震える身体で水晶に近付く。

「これはすごいですぞ！」

「どうしたんですか？」

興奮している神官に、父が訊ねる。

「どうしたではありません！　これは稀にみる光景です！　私も目にするのは初めてです！」

鼻息荒いおじいちゃん神官が倒れないか、心配になってきた。

「これは！」

神官が私たちの前に水晶玉を差し出す。それは白い靄が変わらず浮かんでいる。

「これは世に珍しい、一属性しか扱えない特殊《とくしゅ》な人間のみが手をかざすとなるというものです！」

「一属性⁉」

私一つの属性しか使えないの⁉

この世界の人間は、火、水、風、土の属性をすべて使える。どれが得意とかはあ

るけれど、基本すべて使えるのだ。

なのに私は一属性だけ⁉

転生チートとか存在しないの⁉

「その一属性とは何ですか？」

父がショックを受ける私の代わりに神官に訊ねる。

神官はかっぴらいていた目を再び細目に戻し、静かな声で言った。

「白属性です」

……しろぞくせい？

というのは、あの白属性？

みんなで顔を見合わせる。

「「白属性⁉」」

ようやく言葉を飲み込めた私たちが驚きの声をあげると、神官はうんうん頷いた。

「驚きますよね。私も先ほど年甲斐《としがい》もなく興奮いたしました」

ちょっと倒れないか心配になるぐらい興奮していましたね。おじいちゃん無理しないで。

いや、それより白属性って……。

「白属性は聖女様が持つと言われており……」

そう、白属性は聖女の力である。

ゲームではよくいる白属性。しかしこの世界では聖女だけが持つ力だと言われる。

白魔法でできるのは主に回復魔法や補助魔法。

主戦力ではないけれど、パーティーに必ずいてほしい属性だ。

だから、『勇者よ永久に』では、聖女は王女という身分でありながら、勇者の旅に同行したのだ。この世界で唯一の白魔法の使い手だから。

というか、そのとき、ゲームの中でも「唯一の聖女」とか言っていたような？

「つまり白属性を持つお嬢様は……」

私が少し考え事をしている間に、白属性の説明が終わったらしい。神官がこちらを見る。嫌な予感がする。

「お嬢様は聖女です！」

「違います！」

間髪入れずに否定する。

ここで聖女にされるのは困るのだ。

だって聖女認定されたら勇者とともに旅をしないといけない。

勇者と過酷な旅をして命を懸《か》けて魔王を倒しにいかなければいけない。

嫌だ。私はゲームのヒロインとして世界を救う英雄になりたいのではない。

私は負けヒロインフラグをへし折って、村で平凡に暮らしたいだけなのだ。

私に否定され、神官はオロオロする。

「で、ですが、その力は間違いなく聖女の……」

「私が聖女様などありえません。あと三年後、素晴らしい聖女様が出てくるはずです！」

王女様は私たちと同じ歳だったはず。なら一般の子供と同じく、十三歳で魔法を練習するはずだから、そのときに聖女であると認められるはずだ。

「未来がわかると……？　やはり聖女では」

「違います。私はただの村娘」

「いやだが……」

「私は！　ただの！　村娘！　です！」

「わ、わかりましたわかりました！」

私の押しに負けた神官が、私を聖女と言うのをやめた。

「ですが、白魔法の使い手が出てきたら国に報告することになっているので、報告はさせていただきます」

「うっ……仕方ない……わかりました……」

国から決まっていることを無視できるわけがない。私は渋々頷いた。

「では私は聖女じゃないので……いいですか、三年後に聖女が出てくるので……それも、高貴な方から出てくるので！　それも併せてお伝えくださいね！」

「はぁ……わかりました」

うんうん、これで私が聖女になるフラグはへし折れたはず。

私は父の腕をクイクイ引いて、帰りを促す。

「えっと、では、失礼します」

戸惑いつつ、父が私に従って神官に一礼して神殿を出る。

外に出た瞬間、私ははぁ、と息を吐き出した。何だかどっと疲れた。

「す、すごいじゃないか！　レイチェル！」

アルフレッドがキラキラした瞳を私に向ける。うっ、眩しい！　さすが主人公！

「何が？」

「だって聖女だって！」

「違うったら」

私が聖女になったらストーリーが変わってしまう。私は自分の負けヒロインフラグを……失明フラグと父の死亡フラグさえ防げればいいので、他のストーリーはそのままでいってほしいのだ。

勇者と聖女を笑顔でそっと見送って、村でのんびり暮らしたい。

ゲームと違って私はアルフレッドをただの幼馴染だと思っているので、聖女とうまくいってほしいと願っている。

そのためにも私が聖女になったら邪魔になる！　恋の障害以外の何物でもない！

アルフレッドを運命の相手と結びつけてあげるためにも、私はただの村娘でいなければ！

私ったらなんて幼馴染思いなのかしら！

「レイチェル！」

一人でうんうん頷いていたら、アルフレッドに手を取られる。

「レイチェルが聖女になったら……俺が勇者になるからね！」

顔を赤らめながら言われる。気のせいか背後にキラキラエフェクト背負っている気がする。

いや、あなたは元々勇者です。

とは言えずに「ありがとう」と答えるまでにとどまった。

◇◇◇

さて、属性がわかったからと言って、安心できない状況になってしまった。

だって私の属性は白魔法。

この世界で白魔法は攻撃魔法ではなく、回復魔法や補助魔法メインの属性だ。

逆に言えば攻撃魔法は出せない。

ゲームで勇者と旅立った聖女も、いつも勇者の後ろで補助に回っていた。攻撃はせいぜいロッドでポコリと殴る可愛いものだった。魔法では攻撃していない。

しかし、それでは困る。私は筋肉がつかない体質なのだ。ロッドで攻撃してもその攻撃力などたかが知れている。というかロッドを振り下ろすことができるかどうかもわからない。

そうなると、負けヒロインフラグをへし折るには、それ以外の方法となる。

一番いいのは、勇者であるアルフレッドが、八年後の魔物に負けないほど強くなることだけど、最近やっと剣を振り始めたところだ。八年後どうなっているか、正直わからない。

なので、アルフレッドにはこのまま鍛え続けてもらうのはもちろんだけど、それだけに懸けるのは心もとない。

かと言って、八年後のいつに魔物が襲ってくるかはわからないから、その時期に傭兵を大量に雇うなどの対策もできない。ゲームでは十八歳のとき、としか説明されないのだ。

となると、やはり私自身でどうにかするしかないのだ。

「うーん……白魔法かぁ……」

聖女が使っていた技どんなのがあったかな……。

私は必死にゲームの記憶を呼び起こして聖女が使っていた魔法を紙に書き出した。

「見事に回復魔法と補助魔法だけだわ……」

紙にある魔法。回復魔法。肉体強化魔法。防御魔法。魔物よけ魔法。敵ステータスを下げる魔法。毒消し魔法……などなど。

「肉体強化……これ筋肉のない私にはかけることができない気がする……」

強化できる筋肉がない。悲しい。

「攻撃系一個もないよねえ……」

紙を手にしてベッドの上でゴロゴロする。どうしようかな。素早さをあげたら何とかなったりしないかな……。できない気がするな……。

「ん……？」

私は一つの魔法に目を向けた。

「魔物よけ魔法……」

これはダンジョンで魔物に出会いにくくする魔法だ。

「これを応用したら村に結界とか張れるんじゃ？」

そして魔物よけ魔法は魔物が嫌がる力だ。

「この魔法……直接ぶつけても攻撃になるんじゃないかしら！」

私はわずかな可能性を見つけ、ベッドの上で立ち上がった。

「よーし！　明日から修行よー！」

◇◇◇

もしかしたら魔物に対抗できるかもしれないことがわかっても、人で試せる魔法ではないので、魔物でやってみるしかない。

アルフレッドの訓練中の怪我《けが》を治すことで、白魔法に慣れてきた私は、さっそく自分の仮説を試すため、村はずれの森に来ていた。アルフレッドを連れて。

だって私剣どころか棒もまともに振れないもの。護衛役である。

「レイチェル……本当に俺たちだけでここに来てもよかったの……？」

「だって大人に言ったら反対されるもの」

ここは魔物が出るのである。と言ってもかなりの初級。

ゲームの中でアルフレッドが一番最初に向かう、いわばレベル上げのための場所である。

「アルフレッドも最近実戦したいって言っていたでしょう？」

「それはそうだけど……」

人形相手の訓練はアルフレッドにはもう退屈なようだった。かといって父とやり合うとコテンパンにやられてしまう。父は手加減ができない、師範にあまり向かないタイプだった。

「本当にいいのかなぁ」

「ここまで来て四の五の言わない！」

私はアルフレッドの鼻先に人差し指を差し出した。

「危なくなったらどうするか覚えてる？　アルフレッド」

「うん。僕かレイチェルが、空に魔法を放って村の人間に知らせるんだろう？」

「そうよ。危ないことがあったらそうやって知らせて、私たちは私の防御魔法で作った結界の中で助けを待つのよ」

「わかった」

「よし！」

アルフレッドと最悪の事態に備えての情報を共有できたので、先に進む。

「あっ！」

するとさっそく現れた。プルンプルンしたフォルム。半透明のゼリー状の生き物。

初級モンスターの代表、スライムである。

「なんていい相手！」

初めて試すにはもってこいの相手である。

「アルフレッド、魔法が効かなかった場合はお願いね！」

「わかった」

アルフレッドがもしもに備えて剣を抜く。

大丈夫……私の考えが合っていたらできるはず……！

私はスライムのいる方向に向けて手を伸ばす。

「魔物よけの力をうんと高めて……」

私の手のひらが熱くなる。魔法が放たれる前兆だ。

「いけぇ！」

私の手から高濃度の魔物よけ魔法が放たれる。それはその場でじっとしていたスライムに直撃した。

どうかうまくいって……！

ピカッと一瞬光ったあと、スライムは動かなくなった。

「き、効いたのかな？」

私とアルフレッドはおそるおそるスライムのいたところへ近付いた。

「あっ！」

スライムはヘロンと溶け出していた。

「や……」

私はアルフレッドに抱きついた。

「やったー！　やったわ、アルフレッド！　私はついにやったのよー！」

「レ、レイチェル、苦しいよ」

アルフレッドの声にハッとして身体を離す。

「ごめんね、アルフレッド！　つい嬉しくて興奮しちゃって……顔が真っ赤ね。そんなに苦しかった？」

「う、うん……胸が……」

真っ赤になって胸に手を当てるアルフレッド。そんなに強く抱きしめたつもりはなかったけど悪いことをした。

「ごめんね。でも私すごいと思わない？　白魔法でも魔物に攻撃できることを証明できたのよ！」

「うん、レイチェルはすごいよ！」

「そうよね！」

「うんうん、レイチェルはすごいよなぁ」

アルフレッドと手を取り合って喜んでいるところに、私たちの声ではない声が聞こえた。

でもすごく聞き覚えがある。毎日聞いている。

私はおそるおそる後ろを振り返った。

「お、お父さん……」

そこには鬼の形相《ぎょうそう》をしたマッチョ父がいた。

「この、馬鹿どもがー‼」

父の怒鳴り声に、木々が揺れた。

◇◇◇

「反省しているか？　レイチェル」

「はい……」

父に叱られてしょんぼり肩を落とす。

叱られるのも無理はない。子供が入ってはいけない魔物の出る森だ。

出る魔物は初級だとしても、もしかしてということがある。

「お前だけじゃなく、アルフレッドまで危険に晒したんだぞ」

「はい……」

正論過ぎてまったく反論できない。

「し、師匠……俺も同意してついていったから……」

「お前は黙ってろ」

「はい……」

家に帰れと言われたのに私の隣にいるアルフレッドが、フォローしてくれようとしたが、父に一蹴《いっしゅう》された。

ちなみにアルフレッドはいつの間にか、父のことを師匠と呼ぶようになっていた。

「なんでこんなことしたんだ？」

「………」

私は押し黙った。なんと説明したらいいのだろう。

まさか自分に前世の記憶があって、このままだと父が死に、私は失明し、負けヒロインになるのだなんて、言えるはずがない。

言ったらきっと両親は私がどうかしてしまったと思って心配するだろう。

「……白魔法で、魔物を倒せるか実験したくて」

私はすべての真実を話すのはやめて、一部の真実を話すことにした。

嘘ではない。白魔法が使えるとわかってから、ずっと魔物退治に使えるように、必死に練習してきたのだから。

「白魔法で魔物を？　できるわけないだろう、そんなの」

「できるもん！」

私は否定する父にムッとする。

「白魔法は聖女の力だろ？　癒しか、仲間の補助しかできないんじゃないのか？」

「それの使い方をちょっと変えたら魔物にも有効にできるってわかったの！」

「本当かぁ？」

父はまったく信じていない表情だ。子供が言い訳しているると思っているのだろう。

「師匠！」

信じてもらえなくて悔しく思っていると、隣から助け船が出た。

「俺見ました！　レイチェルが魔物を魔法で倒すところ！」

「そう言えって言われているんだろう」

せっかくアルフレッドが証言してくれているのに、父は信じる気がない。

何よ！　自分の子供の言うこともう少し信じてくれてもいいじゃない！

そう思うが父が信じてくれないのも仕方ないと思う。だってこの世界での白魔法で攻撃できないことは通説だ。

でも信じさせる方法がないわけではない。

「わかった！　お父さんに見せるわ！」

「何を？」

「白魔法で魔物を倒せるってところを！」

◇◇◇

木々の間をどんどん進む。

「おーい、あんまり奥に行くな！　魔物が出るぞ！」

「魔物を探しに来たんだってば！」

私はアルフレッドと一度来た、魔物の出る森を再び歩いている。

ここに来たのは父に私の魔法で魔物を倒せるところを見せるためだ。

だってあの様子では実際に目にしなければ信じてもらえない。嘘つきだと思われるのはまっぴらごめんである。

「あっ！」

そのとき、茂みの奥からピョコンとスライムが現れた。

さっきもこの辺りでスライムを見たので、もしかしたら集団で生活する習性があるのかもしれない。

これはラッキー！

私は逃げられる前に、魔物よけの魔法を放った。動きの鈍いスライムは逃げる暇もなくその魔法に当たる。

するとスライムはその場でトロリと溶け始めた。

「わ！　なんだこれ！　火魔法か？」

スライムが溶けたからだろうか。父が見当違いのことを言い始めた。

「私が白属性の魔法しか使えないのはわかってるでしょ！　これは白魔法で、魔物よけの魔法の濃度を高めたものを当てたの！」

私が怒りながら言うと、父が「悪い悪い」と困った顔で笑った。

「小さい頃から白魔法は攻撃できないと聞いてたから、どうしてもその偏見《へんけん》があったんだな。信じなくて悪かった」

父が私の頭を撫でる。

「わかってる。もういいよ」

私だって父と同じ立場なら信じがたいだろう。常識とはそういうものだ。

それが当たり前であって、当たり前が違ったと言われてもそうそう納得はできない。

「それにしても、本当にそんなことできるんだなぁ……これ神殿に報告したほうがいいのか？」

「やめて！」

そんなこと報告されたらまた聖女だなんだと言われる！　絶対嫌！　だって聖女じゃないし！　聖女は王女様だもの！

私はただの村娘！　負けヒロインでもない勇者のただの幼馴染！

「俺はレイチェルが聖女だと思うけどな」

「は⁉」

私の後ろをついて歩いていたアルフレッドが、ちょっと頬を赤らめながら言う。

「だってレイチェルは可愛いから聖女だよ」

照れながら言うアルフレッドはとても可愛かった。不覚《ふかく》にもキュンとした。

さすが主人公……私より可愛い。

アルフレッドの言う通り、私も確かにヒロイン枠なので可愛いけれど、アルフレッドには敵《かな》わない。さすが将来を約束された美形。幼くても破壊力がすごい。

「ありがとうアルフレッド……でも私、聖女じゃないの」

「俺にとってはレイチェルが聖女だよ」

可愛い。これはゲームのレイチェルがアルフレッドに恋したのもわかる。これは落ちる。

しかし私はゲームのレイチェルじゃないのでギリギリ踏みとどまれる。ここで惚れたら負けヒロイン。ここで惚れたら負けヒロイン！

「アルフレッド、いつか出会う聖女様と仲良くするのよ」

「？　うん」

私の言うことをよくわかっていない様子だけど、アルフレッドはひとまず頷いた。

私ではない聖女様はあなたの運命の相手だから、大事にするんだよ。

「レイチェル、疑って悪かった。これからも魔法の練習のためにここに来る必要があるよな？　俺も一緒に連れて行くならいいぞ」

「え？　本当⁉」

それは僥倖《ぎょうこう》。

白魔法は人や動物相手に害を成せないので、魔法がきちんと効いているか魔物で試すしかない。

父を連れてここに来られるのならこそこそ練習しに来なくていいし、魔法が失敗しても、父に助けてもらえる。一石二鳥だ。

「俺も実戦慣れしたいから連れて行って！」

アルフレッドも父に頼む。

「ああ、もちろんいいぞ。剣の腕は実戦で鍛えてなんぼだからな」

アルフレッドが嬉しそうに顔を輝かせる。アルフレッドが嬉しそうにすると周りの空気もキラキラしているように見えるから不思議だ。主人公補正かな。

アルフレッドがクルリと私のほうを向く。

「これで森でもずっと一緒だね」

「う、うん……？」

アルフレッドの言葉に何か重いものを感じてしまったが、私は笑顔の圧に押されて頷いた。

「おぉーい！」

そのときだ。近所に住むおじさんが、村のほうからやってきた。慌てた様子でこちらに走り寄る。

「どうした？」

「そ、それが……」

おじさんはアルフレッドに向き直る。

「アルフレッド。あのな、落ち着いて聞いてくれよ……」

おじさんの言葉にアルフレッドが緊張するのがわかった。

「あのな……お母さんが倒れた」

◇◇◇

私たちは急いで村に戻った。

「お母さん！」

アルフレッドの家に駆けこむと、そこにはベッドで苦しそうにしているアルフレッドの母、レニおばさんがいた。

アルフレッドが母親の手を握るが、苦しそうにするだけで目を開けない。

「何があったんですか？」

「それが急に倒れて……医者にも見せたんだが……イナイレ病らしいんだ」

「そんな……！」

イナイレ病は突然発病し、特殊な花を煎《せん》じなければ死んでしまう病《やまい》だ。

花さえ手に入ればなんとかなるが、めったに見つからないため、この病気にかかった人間の多くは亡くなってしまう。

アルフレッドの瞳に涙が滲む。アルフレッドの父親は出稼ぎ中で、タイミングとしては最悪だった。

「お母さん……」

アルフレッドが悲痛な声で母を呼ぶが、息苦しそうな吐息しか聞こえない。

苦しそうなアルフレッドの母。泣きそうなアルフレッド。そして――。

待って、私この展開知っているかもしれない……。

私はそこでようやく思い出した。

そうだ！　ゲームでアルフレッドの過去回想で出てきた！

確か聖女と夜空を見ながら語り合うシーンで、アルフレッドが語ったんだ。

母親が小さい頃に亡くなったこと。それを幼馴染が慰めてくれて、彼女に恋をしたこと。そして今日手に入れた花で、母親の病気を治すことができたはずだったと悔やんでいたこと。

どうして忘れてしまっていたのだろう。

私は慌てて外に駆け出した。

「レイチェル⁉」

父の慌てた声が聞こえるが、気にしてはいられない。急がないと！

ゲームでアルフレッドの母親は倒れてその日に亡くなったと言っていた！　時間がない！

私は急いでさっきまでいた森へ戻った。

そう、アルフレッドが母親を助けられなくて悔やんでいた花は、なんと村からすぐそばの森にあったのだ。

ゲームの隠しイベント的に森へ訪れて、この花を発見したアルフレッドのショックはどれほどのものだっただろう。母を助ける方法は、こんなすぐそばにあったと知ったとき……どれほどやるせなかっただろう。

ゲームのアルフレッドの悲しむ顔と、さっきの母親を心配するアルフレッドの顔が重なる。

ここはゲームの世界だけど、私にとっては現実だ。父も母も弟も、ただのキャラクターではなく、血の通った人間で、私の大事な人だ。

そしてアルフレッドは大事な幼馴染で、その母親であるレニおばさんも、いつもおいしい料理を食べさせてくれる優しい人だ。

絶対に死なせない！

レニおばさんを助けられるのはゲームのシナリオを知っている私だけ！

「確か森の奥のほうにある湖の近くに生えていたはず……」

村の人も知らない湖だ。

隠し通路のようになっている道を通らないと見つけられないようになっていた。

だから、こんな近くに花があるのに誰も見つけられず、アルフレッドの母親は助からなかった。

「でも私なら見つけられる！」

私は魔物よけの魔法を発動する。今魔物と戦っている時間はない。

私はゲームの記憶を頼りに道のない道を進む。途中草や枝で擦《す》り傷ができたけど気にしない。だってレニおばさんがいつ亡くなってしまうかわからない。急がなきゃ！

「あ……」

どれだけ我武者羅《がむしゃら》に進んだだろう。

泥にまみれ、傷だらけになりながら辿り着いたのは、今まで見つからなかったのが不思議なぐらい大きく澄んだ湖だった。

「綺麗……」

辺りに蝶が舞い、木々の間から差し込む日差しが、透明度の高い湖を照らしてキラキラと反射している。人の手が加わっていない、自然の美しさを肌で感じていた。

まるでおとぎ話に出てきそうな景色にしばし見惚れる。

が、すぐにハッとする。

「急がないと！」

のんびりしている時間はない。早く花を見つければ！

「……というか」

私はその場にしゃがみ込む。

「この一面に咲いている花がそうなんじゃ……？」

一輪手折《たお》って確認してみるが、ゲームのスチルの中に描かれていた花とまったく同じだ。

「貴重な花がこんなに……!?」

これだけあればどれだけの人の命を救えるだろう。

希少性が高すぎてどうやったら栽培できるかの研究などもできていなかったのも、この花が普及しなかった理由だが、これだけあればそうした研究もできる。そうすれば、世界中の人が助かる。

「あとでこの場所をみんなに教えないと」

私はひとまず手折った一輪の花を持ってその場をあとにする。

これがあれば助かる！　村のお医者さんにお願いしたら、うまく処方してくれるはずだわ！

私は急いで来た道を戻る。早く早く！

急《せ》く心を抑えながら、全力疾走する。まだ子供で足が短いのが悔やまれる。

「あっ！」

私は何かに躓《つまず》いて転ぶ。

「いたた……」

石か何かかと思い、足元を見ると、足に動くツタが絡みついている。

「え……」

おそるおそるツタの先を見ると、大きく口を開けた花の魔物がいた。

「うそっ！」

魔物よけの魔法をかけていたのに何で⁉

私は急いで覚えたての魔物よけの魔法の濃縮したものを魔物にぶつけようとする。

「あ、あれ？」

しかしかざした手からは何も出てこない。

「何で⁉」

そこで気付いた。

「魔力切れ……！」

今日は朝から森で魔法の練習をしていたし、花を探している間も、魔物よけの魔法をずっと使っていた。

魔力切れになったから魔物に見つかったんだ！

どうしよう……私は武器を持っていないし、魔法がなければまともな攻撃はできない。

「グルルルルルル……」

植物系の魔物なのに、うめき声は狼のようだ。魔物の口から大量のよだれが垂れている。腹を空かしている証拠だ。

魔物がこちらに近付いてくる。

私食べられちゃうの……？　負けヒロインフラグを回避するどころか、この世界に転生して、たった十歳で死んじゃうの……？

魔物の大きな口が目の前に来るのがまるでスローモーションのように感じられた。

――しかし魔物は私を食べる前に真っ二つになった。

「あれ……？」

突然目の前で二つに分かれて倒れた魔物に理解が追い付かない。

魔物に襲われた恐怖で足から力が抜けてその場に尻もちをついた。

怖かった。すごく。初めて死を身近に感じた。

「レイチェル！」

震える私の耳に、聞きなれた声が聞こえた。

「アルフレッド……？」

そこには剣を構えたアルフレッドが立っていた。

剣には先ほどの魔物の残骸《ざんがい》がくっついていて、アルフレッドがさっきの魔物を倒してくれたのだとわかった。

「レイチェル……っ！」

アルフレッドの後ろから、父も現れた。

その表情は険《けわ》しい。

「この……馬鹿！　さっきあれほど叱ったばかりなのに一人で森に入るやつがあるか！」

大声で父に怒鳴られ、肩がすくむ。

父の言う通りだ。わざわざ一人で来ないで、大人を連れてくればよかった。アルフレッドの母親を助ける方法だけで頭がいっぱいになって、そこまで考えられなかった。

そして一人で先走った結果がこれだ。すべて私の落ち度だ。

「ごめんなさい……」

私が素直に謝ると、父が深くため息を吐いた。

「お前はみんなより特殊な力を持っているが、それを過信するな。お前はまだ十歳の子供だ。それを自覚しろ」

「はい……」

そうだ。いくら前世の記憶があろうとも、現実の私はまだ十歳。この世界の現実でのことも知らないことが多い、ただの子供だ。

「レイチェル……無事でよかった……」

アルフレッドがホッとした表情で私を見る。

「アルフレッド……ごめんね……おばさんのことだけでいっぱいいっぱいだろうに
……そうだ！　レニおばさんは⁉」

「ずっと苦しそうにしてる……お母さんはもうもって今日までだろうってお医者さ

んが……」

アルフレッドの瞳に涙が溜まる。

「お母さんもいなくなって、レイチェルもだなんて、俺耐えられない……レイチェル……お願いだから無茶しないで……」

「アルフレッド……」

私はアルフレッドの涙を拭い、そっと手の中にあるものを差し出した。

「これは……？」

「イナイレ病に効くお花……アルフレッド、レニおばさんは助かるよ」

父とアルフレッドが目を見開く。

「これを取りに行ってたの。一人で勝手なことしてごめんなさい」

「そうだったのか……」

父が花を見て呟く。

「そうか……おばさんを助けようとしてたんだな……頭ごなしに叱ってごめんな、レイチェル」

「ううん。私が一人で森に行ったから悪いの。大人と一緒に行けばよかったのにそこまで頭が回らなくて」

父に花のありかを知っていると伝えて一緒に行けばよかったのだ。親しい人間の死にそうな姿と、いきなり思い出した記憶のせいで、突発的に行動してしまった。

「この花がどこにあるか知ってるのか？」

「うん、あとで教える。でも今はおばさんのところにすぐに行かないと！」

「そうだな……レイチェル、もう魔法使う魔力はないよな？　お父さんの背中に乗れ。アルフレッド、花は一旦レイチェルに預ける。お前は自力で全力で走れ。急ぐぞ」

「わかった！」

私はアルフレッドから花を受け取り、落とさないようにしっかり持って、父の背に飛び乗る。

筋肉のない私の足で走るより、こうしたほうが圧倒的に早い。

さすが私と違って筋肉ムキムキな父。ぐんぐんすごい早さで進んでいく。そしてそのスピードについてくるアルフレッドはすごい。さすが主人公。子供の頃からチート。

行きは時間がかかったのに帰りは早い。あっという間にアルフレッドの家に辿り着いた。

私を背負ったままの父が扉を勢いよく開けると、そこにはレニおばさんと仲のいい村人が数人と、村で唯一のおじいちゃん医師がいた。

「レイチェルちゃん！　無事だったんだね」

私が飛び出していったことを知っているらしい村の人たちが集まってくる。ここは小さな村だ。子供はみんなの宝であり、村全体で育てるものだ。

「レイチェル、よかった……」

お母さんも涙目だ。

みんなに心配させてしまった。

「心配かけてごめんなさい」

「いいのよ、無事だったんだもの！」

小太りな村のおばさんに抱きしめられて「ぐえっ」と変な声が出た。

「あらあらごめんなさいね。あら、綺麗なお花を持っているわね。お見舞いのお花かしら？」

おばさんが私の手の中にある花を見てそう言う。私は首を横に振った。

「ううん。これはレニおばさんを助けるために探してきたの。先生、これ、イナイレ病を治すお花だよ！　これでおばさん治して！」

私はおじいちゃん医師に花を手渡す。

おじいちゃん医師は大きな眼鏡《めがね》を手で押し上げ、「おお……」と感嘆の声を上げた。

「これはまさにイナイレ病の薬になる花！　こ、これをどこで？」

「村の近くの森に湖があるの。そこで見つけた。いっぱいあったよ！」

「なんと……！」

おじいちゃん医師は花を持って震える。

「この花がいっぱいあるなど信じられない……これは世紀の大発見だぞ！」

「先生！　早くして！」

おじいちゃん医師が興奮するのもわかるが、今はアルフレッドの母親を助けることが最優先だ。こうしている間に手遅れになったら目も当てられない。

「確かにそうじゃな！　すぐにできるから待っていなさい！」

おじいちゃん医師が慌てて家を飛び出していく。

ゲームではイナイレ病の薬は材料を手に入れるのが困難なだけで作るのは簡単だと言っていた。だからきっとすぐにできる。

「これでもう大丈夫だよ、アルフレッド」

「レイチェル……これでお母さんは助かるの……？」

不安そうなアルフレッドの手を握る。

「うん、絶対大丈夫」

安心させるように笑顔で言うと、アルフレッドの表情が少し和《やわ》らいだ。

あとは薬が間に合うかどうか、祈るだけ……。

私は不安そうにするアルフレッドの手を握り、ただひたすら薬が出来上がるのを待ち続けた。

「できたぞー！」

おじいちゃん医師が荒い息を吐きながら駆け込んできた。

レニおばさんは荒い息ではあるが、まだ少し意識がありそうだ。間に合った！

「ほれ、頑張れ、これを飲むんだ！」

おじいちゃん医師がアルフレッドのお母さんを抱き起こして薬を飲ませようとする。アルフレッドのお母さんは青白い顔に大量の汗をかきながら、何とか口を薄く開ける。

「頑張れ！」

みんなでアルフレッドのお母さんを励ます。アルフレッドのお母さんは必死に少しずつ薬を飲み、何とか時間をかけて飲み干した。

「ふう……これでもう一安心じゃ」

おじいちゃん医師の言葉に、みんなから喜びの声があふれる。

「お母さん……よかった……」

アルフレッドが安堵の表情で母親を見ている。

よかった本当に。レニおばさんが死なないで、アルフレッドが未来で後悔することもない。

ストーリーは曲げてしまったけど、これでよかったはず。

私は安心してほっと息を吐き出すと同時に、目の前がぼやけた。

「あ、あれ……?」

何だか力も抜ける……。

「レイチェル！」

アルフレッドの声がどこか遠くに聞こえる。

私の意識はそのまま途切れた。

◇◇◇

「はっ！」

私はパッと目を覚ます。と、いきなりアルフレッドの綺麗な顔が飛び込んできた。

「わぁ！」

「レイチェル、気が付いた⁉」

驚く私に、アルフレッドは訊ねる。

「気が付いたって……あれ？　そういえば私どうしてベッドに……？」

さっきまでアルフレッドの家にいたのに。

首を傾《かし》げていると、父とおじいちゃん医師が部屋に入って来た。

「目が覚めたか」

「お父さん」

「アルフレッドの家で突然倒れたんだ」

え？　私倒れたの？

確かに急に意識がなくなった気がする。

おじいちゃん医師が私の手首を探る。

「ふむふむ……魔力の使い過ぎだな。子供のうちは制御が難しいから、気を付けるように。なに、あと一日安静にしていれば元気になる」

「はい、ありがとうございました」

診断結果を聞いた父は、おじいちゃん医師に頭を下げる。おじいちゃん医師は「無理するな」と私に告げ、そのまま部屋から出て行った。

「レイチェル、何ともないか？」

「うん、少し怠いけど大丈夫」

「それも魔力切れのせいだな。もうひと眠りすれば治るさ」

父に髪をかき上げられる。親の手って不思議と安心する。

「お父さんー、ちょっと来てー」

「え？　あとじゃダメか？」

なでなでされてうっとりしていると、母が部屋の扉から父を呼ぶ。

父は私の頭を撫でながら、あとにしてほしいと伝えたけれど、母が再度父に声をかけた。

「お父さん、今じゃなきゃダメなの」

「何でだ？」

「今この部屋にいるのは誰？」

「誰って……」

誰って、父とアルフレッドだ。

そこで父がアルフレッドを見てハッとする。

「あ、あー、そうだな！　すぐ行くよ母さん！」

「そうそう、そうしなさい。馬に蹴られたくなければ」

父が慌てて部屋を出ていく。母は何やら含み笑いを浮かべながら扉を閉めた。

え？　何？　何かあるの？

うち馬飼ってないけどな……。

「レイチェル……」

アルフレッドが私の手をぎゅっと握る。

「お母さんのこと、ありがとう」

「いいんだよ。私もレニおばさん大好きだもん。おばさん目覚めた？」

「うん、さっき目覚めたところ。まだベッドの上にいたけど、顔色もよくなったよ。レイチェルにお礼を伝えてくれって」

「お礼なんていいのに……あ、やっぱり待って、おばさんの作ったパウンドケーキ食べたい！　レーズンが入ったやつ！」

レニおばさんは料理がすごく上手で、お菓子作りなど、店を出せるのではないかと思うほどなのだ。

その中でも、私はおばさんのレーズンパウンドケーキが大好きだった。

ああ……想像だけでよだれが出る……。

私は握られていないほうの手で口元を拭うと、アルフレッドがふふふと笑う。

「わかった、伝えておくよ」

「やった！」

楽しみが一つ増えた。早く体調よくなって、ケーキを独り占めするんだ！

そうと決まったら寝ないと！

と思うのに、アルフレッドが手を離してくれない。

「アルフレッド？」

あんまり長く握られていると、手汗が気になってくる。私今じっとりしてないかな？

「レイチェル……俺はレイチェルが大好きだよ」

「うん、私もアルフレッドが大好きだよ」

大事な大事な、生まれたときから一緒にいる幼馴染だ。ほとんどの思い出にアルフレッドがいる。

「そうじゃなくて、この世界で一番大好きなんだ」

私はアルフレッドの言葉に目を瞬く。

ああ、そうか。母親を助けてもらって、アルフレッドは恩を感じているんだ。

そんなこと感じなくていいのに。

「ありがとう、とても嬉しい」

私はにこりと微笑《ほほえ》み返す。

アルフレッドが嬉しそうな顔をする。

「レイチェル、じゃあ！」

「ごめんね、もう、眠気が限界……」

私は頑張って開けていた瞼《まぶた》を閉じた。

実はもうだいぶ前から眠かった。これが魔力が枯渇《こかつ》するということか。もう二度とならないように気を付けないと。

「おや、すみ……」

アルフレッドに何とかそれだけ言って、私は再び意識を飛ばした。
意識が落ちる直前、「レイチェル！」というアルフレッドの声が聞こえた気がする。

2章　聖女になった

「見て、アルフレッド！　魔物を結界の中に閉じ込めることに成功したわ！」

私は新技をアルフレッドの前で披露する。

「へえ！　すごいね、レイチェル！」

アルフレッドが手を叩いて褒め称えてくれる。

そうでしょう、そうでしょう！　私すごいでしょう！

本来防御に使う結界魔法を、魔物に直接ぶつけるのではなく、魔物の周りに張るようにすると、魔物を閉じ込める檻《おり》の出来上がりだ。

しかもこのまるで透明なガラスケースのような檻は、私の意思で移動させられる。

魔物を自由に持ち運べるのだ。まあ持ち運んで得があるかと言えば今のところそうでもないけれど。

どう使うかわからないけど、何かに使えるかもしれないからいいのだ。とりあえず新技成功！

「あっ！」

アルフレッドが声を上げる。なんだろう、と思ったと同時に、私の後ろから影が覆《おお》いかぶさろうとしているのに気付いた。

魔物だ！

私はギュッと目を瞑ったが、衝撃は来ない。

「ふう」

アルフレッドが軽く息を吐いて、私の後ろにいた魔物から剣を引き抜く。

アルフレッドが一瞬の間に倒したのだ。

魔物が襲ってくる衝撃で地面に尻もちをついた私に、アルフレッドが手を差し出した。

「大丈夫？　レイチェル」

「う、うん」

私はドキドキしながらアルフレッドの手を取る。

その手は十歳の頃と違い、私の手をすっぽり覆う大きさになり、骨ばっていて柔らかさがなくなった。

私もアルフレッドも腕が上がって、もう父は付き添いに来ない。

私は自分よりだいぶ大きくなったアルフレッドを見た。

丸かった頬はシャープになり、大きな目は少し切れ長に。愛らしかった眉毛は凜々《りり》しくなり、鼻筋は綺麗にスッと伸びている。

そこには十七歳になった、美しい青年に成長したアルフレッドがいた。

「どうかした？」

「ううん！　何も！」

私は慌ててブンブン首を振る。

可愛らしかったアルフレッドは、心臓に悪いイケメンになった。

成長すごい。破壊力すごい。主人公すごい。

対して私はと言うと……もちろん美少女に育った。

だってヒロイン枠。十歳でも愛らしかったのが、可愛らしさも残しつつ、洗練《せんれん》された美しさを持つようになった。

なだらかな線を描く頬。ぱっちり二重の澄んだ青い目はいつもアルフレッドに褒められる。自然と桜色をした唇。スッと伸びた手足に、日焼けしない白い肌。

美人要素満載だった。ビバサブヒロイン！

高い美容液とか買えないし、畑仕事ばかりしているのに、肌荒れもしないモチモチ肌である。すごい。何度でも言おう。ビバサブヒロイン！

成長しても、やはり筋肉は付かなかったので、私は武術ができない分、魔法を頑張った。

その結果、ただ魔物を消すだけではなく、様々な技も編み出した。白魔法おもしろい！　誰もやったことがない分野なだけあって研究するのが楽しかった。

そしてアルフレッドも私とともに修行するうちに、メキメキ頭角《とうかく》を現した。

十五になる頃には父を負かし、村で一番の剣の使い手になった。

いいや、明らかに村で一番どころの腕前ではない。村近くの森に出没する魔物は一瞬でアルフレッドに倒される。もはや目にも留まらぬ速さで何が起こったのか私にはわからない。

もしかしたら、もうすでに国一番の剣の使い手になっているのではないか？　と思っている。

まだ勇者の力に目覚めていないはずなのに、そもそものステータスが凄すぎる。

さすがゲームでスライム五匹倒すだけでレベルが上がった男。普通の人間はそんなにすぐレベルアップしない。

「じゃあ帰ろうか」

「うん、そうね」

技の試し撃ちは終わったので、今日は帰ることにした。

魔法の檻に入った魔物は可哀想《かわいそう》なのでそっと放してあげると、慌てて逃げて行った。そのまま遠くに行ってくれ。でないと次ここに来たときアルフレッドの剣の練習のために一瞬で消されてしまう。

「この様子なら私が鍛える必要なかったかも……」

魔物が村を襲うまであと一年。すでにアルフレッドはゲームスタート時より明らかに強い。私がいなくても一人で魔物を相手にできるのではないかと思う。

「レイチェル？」

ぼんやり考え事をしていると、アルフレッドが私の顔を覗き込んできた。

近い！　近い！

私は慌ててアルフレッドの顔を両手でどかした。

「なんでもない！　それよりアルフレッド、前から言ってるけど距離が近い！」

「なんで近いといけないの？」

「あのね、ある程度大きくなった男女は一定の距離を保つものなの」

「でも母さんと父さんはいつも引っ付いてるよ？」

アルフレッドの両親は、村でも有名なおしどり夫婦である。

「それは夫婦だからいいの！」

アルフレッドは納得していない表情をしている。

「俺たちも夫婦になればいいじゃないか」

「は⁉」

何を言い出すのだ。

「だって、村でちょうど年齢の釣り合うのなんか俺ぐらいしかいないし、お互いの親とも仲がいいし、結婚しても問題ないじゃないか」

「それは……確かになぜか私たちと同世代はいないけど、村から出たらそれこそ他に相手なんていくらでも見つけられるし、お互いの親と仲がいいのは、家が隣同士で生まれたときからの幼馴染なんだから、当たり前じゃない」

私が正論を言うと、アルフレッドの表情が暗くなった。

「村を出る？　レイチェルは俺を置いて村を出る気なの？」

アルフレッドが暗い瞳で私を見つめてくる。

なんだろう、たまにアルフレッドがこうなることがあるけど、原因が私にはわからない。わからないけど否定しないとまずいことになりそうな予感はする。

「そんな予定ないよ！」

ゲームでは私はずっと村に留まっていた。むしろ村を出ることになるのはアルフレッドのほうで、運命の相手を外で見つけてくるのもアルフレッドである。

「私はこの村でずっと過ごす予定！　だから安心して旅に出てきてほしい。

「……そっか。じゃあ問題ないね！」

アルフレッドは私の必死に否定する様子を見て、いつもの穏やかな表情に戻った。

「さ、帰ろう」

アルフレッドが手を差し出してくる。

これはこの森に来るようになってから、迷子にならないように手を繋《つな》ぐことを父に決められたときからの習慣だ。つまりもう七年間続けていることになる。

「……ねえ、もうこれいいんじゃないかな？」

「何が？」

「手を繋ぐの。もう迷子になりようがないぐらい来てるし、はぐれたとしても、魔物は自分たちで退治できるし……」

「さっき背後取られた人間のセリフとは思えないね」

「うっ……あれは少し油断しただけ！」

さっき背後を襲われたことを思い出す。普段ならあんなミスしないのに、新技ができたことで気が緩んでしまったのだ。

「その少しが命取りなんだから。ほら、手」

「…………はい」

そう言われたら反論もできない。私は渋々手を差し出すと、アルフレッドは嬉しそうにその手を握った。

うーん……なんだか言い包《くる》められている気がする……。

◇◇◇

「魔物が来るまであと一年かぁ」

私はベッドでゴロゴロ転がりながら独り言ちる。

「七年あっという間だったなぁ」

ひたすら魔法の修行をしていたら気付いたらこの歳になっていた。

いや実際は普通に遊んだり、畑仕事手伝ったりしていたけど。

「でもその修行のおかげで、一年後に魔物が出ても負ける気が一切しないわ！」

村に来る魔物は森で倒している魔物と違って強い設定だったはずだが、それでも今の私とアルフレッドなら負けないだろう。

「頑張った甲斐《かい》があったわ……」

これで私が失明するフラグは防げるだろう。

あとは一年後、勇者として旅立つアルフレッドを、幼馴染として笑顔で送り出すだけである。

最近何だかアルフレッドの様子がおかしい気もするけど、たぶん気のせいだ。

「そうだ。一年後、アルフレッドに何か贈り物するのもいいわね！」

勇者として魔王退治に行くなら何を贈るべきだろう。ポーション？　いくつあってもいいわよねポーションは！

明日森に薬草取りに行こう、と決意して眠りにつこうとしたそのときである。

「姉ちゃん、起きて！」

生意気な弟が私を起こしに来た。

可愛かった弟も、七年の間に十二歳になってしまった。難しいお年頃である。

「なによぉ、今寝るところだったのに……」

不満を隠さずに起き上がる。

「それどころじゃないよ姉ちゃん！　外！　外！」

「外？」

いつもと様子の違うリムに促《うなが》され、私はベッドから起き上がって窓に近寄った。

「え？　な、何これ！」

窓の外では逃げ惑う町の人々と、炎に包まれる家々があった。

「どういうこと⁉」

「魔物が出たんだよ！」

「え⁉」

リムが怯えた表情をする。

「それも、森に出るようなやつじゃなくて、すごく強いんだ！　今父ちゃんが時間稼いでるから、今のうちに逃げろって！」

どういうこと⁉　魔物が来るのは一年後のはずなのに！

ゲームでは確かに主人公が十八歳のときと説明されていた。それまで平穏な村だったとも。だから、ゲームで一年前に村が襲われた設定はなかったはずである。

「時期が早まった？　どうして？」

「姉ちゃん早く！」

気になるけれど、今はそれどころじゃない。

このままじゃ父がゲームのときと同じように魔物に殺されてしまう！

私は急いで寝間着から、いつも森に行く動きやすい服に着替える。

「わあ！　何急に脱いでるんだよ！」

「緊急事態なの！」

思春期真っ盛《さか》りの弟は真っ赤になって顔を背ける。今はそんな弟にかまっている暇はない。

「お父さんはどこにいるの？」

「村の西の入り口。そこから魔物が押し入って来たんだ……って姉ちゃんまさか！」

リムが部屋を出ようとする私を後ろから抱き留めて止めようとする。

「無茶だよ姉ちゃん！　一緒に逃げよう！」

私はリムの腕をそっと外す。

「リム、私、毎日魔物を倒す修行していたの。ここで逃げたら何のために修行していたのかわからないわ」

「じゃあ俺も行く！」

「リム……」

心配してくれるリムに私は笑みを向ける。

「リムはお母さんを守ってあげて。私はお父さんを守る」

リムの頭を撫でる。

「お願いね」

「……わかった」

納得してくれたリムに安心して、私は部屋を出る。

部屋の外には心配そうにしている母がいた。

「お母さん……」

「行くのね？」

「うん」

母は私の手をぎゅっと握った。

「無理だけはしないで……生きることだけ考えてね」

「うん、ありがとう、お母さん」

私は母と抱きしめ合い、家を出た。

母のことはきっとリムが守ってくれる。リムもこの村の警備総括の息子。父のあとを継げるように、剣を習っている。

「急がないと！」

私は自分の足に補助魔法をかけて走る。筋肉増加などの魔法はやはり筋肉がなさすぎて無理だったけど、素早さを上げることなら私自身にも魔法をかけられた。

走る私があまりに速すぎて、横を通りすぎた村人が「何だ今通ったの⁉　魔物か⁉」と声を上げた。失礼な！　美少女です！

「あっ！」

村の西の入り口。そこで父を見つけた。

父は魔物にやられたのか、左腕から血を流し、何とか片腕で魔物を抑えていた。

「お父さん！」

「レイチェル⁉」

私の姿を見た父が驚きの声をあげる。

「何しているんだ！　避難しなさい！」

「お父さん、伏せて！」

私の言葉に父はさっと身体を伏せた。

私はすぐさま魔物に向かって回復魔法を撃ち込んだ。

回復魔法は人間に使えば回復するが、魔物に使えば逆だ。聖なるものを身体に取り込めない魔物には大きなダメージを与える。

「ギャアアアアア！」

魔物が断末魔《だんまつま》の声を上げて消滅する。

その様子を父が呆然と見ていた。

「お前、いつの間にかそんなに強くなったのか……」

「お父さん、腕！」

私は父の左腕に回復魔法を使う。父は魔物でないので当然傷が癒える。みるみる傷が塞《ふさ》がった。アルフレッドで人に対しての白魔法も練習しててよかった。これならもう大丈夫だろう。

「よかった……お父さんが無事で……」

「心配させて悪かった」

ゲームのようになってしまうのではないかと怖かった私は、父に抱き着く。

本当に無事でよかった。

「きゃあ！」

誰かの悲鳴にハッとして父から離れる。

「何？」

「他の魔物だ！　数匹で攻め込んで来たんだ！」

「他の魔物⁉」

どうして⁉　魔物は一体のはずなのに！

ゲームで村を襲った魔物は一体だけだった。だから当然今村を襲って来ている魔物も一体だけだと思っていたのに！

複数で襲って来るなんて聞いてないわよ！

「お父さん、私魔物を倒してくる！」

「いや、危ない！　お前はお母さんたちと合流して避難するんだ！　魔物は父さんがなんとかする！」

私を引き止めようと、父が慌てて立ち上がろうとするが、ふらりと片膝をついてしまう。

「あ、あれ？」

「傷を治しただけで、血液は増えないの。増やすこともできるんだけど、今は時間がないわ。だからお父さんは避難してて！　そんなに血を流したのに、まともに戦えないでしょう⁉」

私の正論に、父は「うっ」と言葉に詰まった。まだ何か言いたそうだったが、満足に立ち上がることもできない自分では戦いに参加できないことがわかったのだろう。

村で一番の守り人が戦えないとなると、代わりに誰かが戦わなければいけない。

今この場で魔物と互角《ごかく》に戦えるのは私だ。

「……無理するなよ」

「うん！」

私は父が魔物に手を出されないよう、魔物よけの魔法を父にかけて、さきほど声の聞こえたほうに走って行った。

急がないと被害者が出るかも！

焦る気持ちで急いでそこに辿り着くと――。

「アルフレッド⁉」

そこには魔物を切り倒すアルフレッドがいた。

「レイチェル⁉」

アルフレッドが私を見て駆け寄ってくる。

「避難しなかったのか⁉」

「お父さんが心配で……アルフレッドは？」

「こんな状況で逃げられるわけないだろう？　みんなを助けないと」

確かにその通りだ。今のアルフレッドなら、先ほどの魔物が何体襲って来ても大丈夫だろう。

私はおそらくさっき悲鳴を上げただろう、腰を抜かした女性に魔物よけの魔法をかけて、手を差し伸べた。

「大丈夫ですか？」

「え、ええ。ありがとうレイチェルちゃん」

「今魔物よけの魔法をかけたので、魔物に襲われずに逃げられます。この場は危ないから離れて」

「わ、わかったわ！」

無事に女性をその場から離すことに成功し、私はアルフレッドに提案する。

「アルフレッド。今から、魔物よけの魔法を応用した、魔物呼びの魔法を使って、村を襲っている魔物をここに集めようと思うの」

　アルフレッドが頷く。

「ああ。一緒に一気に倒そう」

　さすが長年の幼馴染。私の考えを瞬時に汲み取ってくれた。

　私は魔物呼びの魔法を使う。

　するとしばらく待ったらこちらに向かって咆哮《ほうこう》が聞こえた。

「来る！」

　私とアルフレッドが構える。

　私の魔法におびき出された魔物が一気に集まって来た。

「一、二、三……七匹⁉」

　こんなにいっぱいいただなんて……！

　村の被害はどれぐらいだろう……いや、今はそれを考えている時間はない！

「アルフレッド！」

　私はアルフレッドに身体強化魔法をかける。

「ありがとう、レイチェル！」

　アルフレッドが魔物をどんどん切っていく。私の身体強化魔法がなくてもきっと問題ないだろうけど、念のためだ。
私もアルフレッドが相手している魔物とは別の魔物に魔法をぶつける。
「キエエエエ！」
魔物が雄たけびをあげて消滅する。
魔物が村を襲って来たらどうなるのかと思ったが、いままでの修行が実を結んだ。
これなら楽勝かも……！
そう油断したときだった。
「レイチェル！」
アルフレッドが慌てた声で私を呼ぶ。
その声に後ろを振り返るも、魔物がすでに拳を振り上げていた。
あ、間に合わない。
まるで魔物の拳がスローモーションのように私に振り下ろされるのを見ていた。
「レイチェルー！」
そのときである。
アルフレッドの右腕が光り、その剣からまばゆい光が放たれた。
その光を受けた魔物が、そのまま蒸発するかのように消えていった。

私はこの光景を知っている。

勇者の覚醒である。

「今のは……？」

アルフレッドが自分に何が起きたかわからず、困惑している。

自分がたった今勇者になったとは思いもよらないだろう。

ゲームでは私が怪我をして失明したときに覚醒《かくせい》するシナリオだった。

「レイチェル！」

アルフレッドが放心している私に駆け寄る。

「ア、アルフレッド……」

「無事か⁉」

「え、ええ」

「よかった……」

アルフレッドが私を抱きしめる。

「レイチェルに何かあったら俺……」

アルフレッドの身体が震えている。

前も油断してやられそうになったのに、また同じように背後を取られてやられそうになるだなんて情けない。

「ごめんね、アルフレッド」

目の前で友人が魔物に殺されそうになるのはどれだけの恐怖だろう。

私もアルフレッドが死にそうになるところなんて、想像もしたくない。

「レイチェルがいなくなったら……」

「アルフレッド……」

私は無事だと言おうとするが先にアルフレッドが口を開いた。

「世界を滅ぼすかもしれない」

「え」

今恐ろしい単語が聞こえた。

私はアルフレッドからおそるおそる身体を離す。

「アルフレッド？」

「ん？　何？」

いつも通りの穏やかなアルフレッドだ。

聞き間違えだろうか。うん、きっとそうだ。そうに違いない。

アルフレッドがそんな恐ろしい言葉言うはずがない。

でもちょっと距離を取りたくて、私はアルフレッドから離れるために、周りを見回す。聞き間違いのはずだけど、ちょっと離れたい。聞き間違いだよね？

見回す限り、魔物はすべてアルフレッドによって切り倒されたか、私の魔法を受けて消滅したようだ。

「魔物、全部倒せたね」

「ああ。俺たちの勝ちだ」

「よかった」

無事に終わったのだ。

さすがに魔物を一度に七体は疲れた。

魔力も体力もかなり消耗したし、私はその場に座り込む。

「やった……やったね、アルフレッド……」

「うん、やったね」

村を無事に守りきれた。

父も死んでいないし、私も失明していない。死にかけたけど、アルフレッドのおかげでなんとかこうして生きている。

私はやり遂げたのだ。

「負けヒロインフラグ、折ってやったわよー！」

「え？」

ヤバい、声に出てた。

「な、なんでもない！　そ、それより、村のみんなが無事か確認しに行こう！」

慌てて誤魔化《ごまか》して、私は村の避難場所に向かった。

到着すると、そこには大勢の人で溢れかえっていた。

「レイチェル！」

私を見つけた父が私を呼ぶ。大量に血を流していたからどうかと思ったが、結構元気そうだ。

父の隣には母も弟もいて、みんな無事で安心した。

「被害は？」

「レイチェルたちが魔物を早く倒してくれたおかげで死人はいない。負傷者が数人あそこにいる」

父の指差したほうを見ると、あるもので応急処置をしたのだろう人々がいた。

私は彼らに近付く。

「傷を見せてください。治します」

「ありがとう、レイチェルちゃん」

修行中、魔物への攻撃だけでなく、アルフレッドの傷も治していたから、治癒も得意だ。

幸い負傷者の傷はそこまで深くなく、すぐに終わった。

「ふう」

全員の治癒が終わり、一息つく。

「お疲れ様、レイチェル」

「アルフレッド」

アルフレッドが私に水を持ってきてくれた。ちょうど喉が渇いていたのだ。

「ありがとう。アルフレッドもお疲れ様」

私はありがたく水を受け取った。

「まさか魔物が襲って来るなんて……」

水を飲んでいると、耳にそんな会話が聞こえてきた。あきらかに声に怯えが混じっている。

怖いのも無理はない。私やアルフレッドは戦う術があるけれど、ほとんどの村人は戦えない。平和にのんびり農業をしていた人々なのだ。魔物を見ただけで死を間近に感じたはずだ。

「死人はでなかったけど、壊れた家とか直すのに時間はかかりそうね」

「ああ。でも命に代えられるものはない。みんな無事でよかったよ」

「そうね」

壊れたものは頑張ってみんなで直せばいい。

明日から疲れるなぁ、と思っていたところに、馬の蹄《ひづめ》の音が響く。

「何？」

さきほどの魔物でみんな気が立っている。馬の足音だけでひどく怯えていた。

アルフレッドが立ち上がると同時に、音の主が姿を現した。

一人ではなく、複数人。それも、騎士の格好をしている。

胸の紋章は、私には覚えがあった。ゲームで出てきた紋章だ。

この国、グリネイル王国の紋章である。

「ここで強い力を感知した」

騎士の中で一番先頭に立っていた男が口を開く。

「腕に模様が現れた人間はこの中にいるか？」

このシーンは見た覚えがある。

勇者として覚醒したアルフレッドが、王様のところに連れていかれるシーンだ。

「腕？」

アルフレッドが服の袖をめくって、自分の右腕を見ると、そこにはツタのような模様が現れていた。

「え……なんだこれ……」

「君か」

騎士がアルフレッドを見つけた。

「それは勇者のしるしだ。これからともに王のもとへ来てもらおう」

アルフレッドが騎士を見上げる。

「……嫌だと言ったら？」

え⁉

アルフレッドが拒否するなど、ゲームにはない展開だ。

ゲームではアルフレッドは戸惑いながらも素直に騎士についていっていた。

「悪いが拒否権はない。あまり強情《ごうじょう》だと、ご両親の国での立場がなくなることになる」

騎士が騎士と思えぬことを口にする。

アルフレッドの両親は騎士の言葉に怯えたように肩を震わせた。

権力を笠に着せるなんて、どういうことなの⁉

私が知らない展開にオロオロしていると、アルフレッドが私を見た。

あ、嫌な予感。

「どうしてもと言うなら……幼馴染も一緒でもいいですか？」

なんですって⁉

どうして私を巻き込んだのアルフレッド！

「その娘は？」

騎士が私を訝《いぶか》しむようにジロリと見る。

私が言い出したわけじゃないのに！

「さきほどこの村に魔物が出たことを知っていますか？」

「ああ。強い魔物が出たと情報があったから急いで我々が来たのだ。だが、間に合わなかったようだが……」

「その魔物を倒したのが俺と彼女です」

アルフレッドの説明に、騎士と村のみんなの中でざわめきが起こる。私は自分が魔物を倒せることを、自分の家族とアルフレッドの家族にしか教えていなかった。

負けヒロインフラグを折ったあと、平凡に村で暮らすにはそのほうがいいと思ったのだ。

「この者が魔物を？」

ますますうろんな目を私に向ける騎士。そんな目で見られても困る。私も王様のところなんて行きたくない。ここに残りたい。

しかしそんな私の願いなど誰も聞いてくれない。

「レイチェルが行かないなら行きません」

アルフレッドがそんなことを言うからだ。

「な、何言ってるの!?」

「レイチェルは俺と一緒は嫌？」

アルフレッドが少し瞳を潤ませる。あざとい！　あざとい！

思いっきり「そうだよ！」と言いたいけど言いにくい！

「魔物を倒したと言うのは本当か？」

騎士が私に確認してくる。否定したい。でも嘘を吐《つ》くのはまずいだろう。

「はい……」

渋々私が頷くと、騎士は少し悩んだあと決断した。

「いいだろう。その娘もともに陛下のもとへ案内する」

騎士さん！　もっと強く拒否するべきですよ！　何者かわからない娘を王様のそばに行かせてはいけないと思います！

そう言いたいけれど、とてもそう言えそうな雰囲気ではない。

「娘、いいな？」

騎士からの圧に、私は小さく「はい……」と返すほかなかった。

◇◇◇

なぜ私はここにいるのか。

今まで本やゲームの世界でしか見たことがない、豪奢《ごうしゃ》な建物が目の前にあった。

「これが王城」

きらびやかすぎて、私の靴で建物を汚すんじゃないかといらぬ心配をしてしまう。この絨毯《じゅうたん》に泥つけたらどうしよう。弁償《べんしょう》できない。

「レイチェル？」

王城に緊張している私にアルフレッドが声をかける。

「アルフレッド……やっぱり泥をつけないように、裸足で歩くべきかしら？」

「レイチェル、靴は履くべきだと思うよ」

「でも、畑仕事でたっぷり泥ついているのよ」

「大丈夫だよ、俺も同じだよ」

確かにアルフレッドも畑仕事もしているから泥がついている。アルフレッドもそうなら私だけお叱りを受けることもないだろうと思い、騎士に促されるまま進む。

そして大きな扉の前に辿り着いた。

「これから陛下に謁見する。失礼のないように」

え⁉　お城について早々に王様に会うの⁉

小汚い格好のままなんですけどいいんですか騎士様！　綺麗な格好に着替えなくていいんですか騎士様！

そんな私の心の叫びを無視して扉が開く。

扉を開けると、大きな部屋の一番奥にある立派な椅子に座る王様が見える。

ゲームとか漫画とかで見るたびに思うんだけど、この王様に辿り着くまでの長い道必要なのかな……。もっと短くていいんじゃないかな……。

そう思いながら騎士の真似をしてドキドキしながら足を進める。

今更だけどこの世界、王様に粗相をしたら死刑とかそんなことないよね？　こんな戦闘後の汚い格好のままで王様に会わせようとするぐらいだから、大丈夫だよね？

不安になってきたところで王様に辿り着いた。

騎士が膝をついたので、私とアルフレッドも同じようにする。

「面を上げよ」

王様の言葉に顔を上げる。

そこには穏やかな雰囲気のぽっちゃりした王様が座っていた。白いひげもあって、赤いマントと相まって、サンタクロースを連想する。

ちょっとマスコットみたいで可愛い。

「勇者が誕生したと聞いたが」

「この者です」

騎士が王様にアルフレッドを紹介する。

「アルフレッド・レンドロールと申します」

アルフレッドが王様に頭を下げる。

「ほうほう。なかなかの好青年ではないか。確か勇者には腕に模様が浮かぶと聞いたが？」

「陛下に腕を見せろ」

騎士に言われ、アルフレッドが自分の右腕の袖をめくる。そこにはやはりツタのような模様が浮かんでいる。

「おお！　これはまさしく勇者の証《あかし》！　我が国から勇者が誕生するとは、なんと喜ばしいことか！」

王様がプルンプルンとほっぺを震わせて、とても嬉しそうに笑う。やっぱりちょっと可愛い。

「勇者よ。おそらく突然のことで驚いておるじゃろう。その腕の模様は、勇者が覚醒した時に現れると言われているもので、魔物が増加している今、世界各国が勇者の登場を今か今かと待っていたのじゃ」

陛下がアルフレッドにもわかりやすいように説明を始める。

「その模様が浮かんだものが、魔王を倒し、世界を平和にしてくれるという伝承がある。そうすれば魔物もいなくなり、世界に平和が訪れるのじゃ。勇者よ、突然のことで悪いが、これから魔王討伐に旅立ってくれぬか？」

王様がアルフレッドに頭を下げる。

一国の王が！　頭を下げた！　王様個人的に今私の好感度ギュンギュン上がっていますよ！　とりあえずそこの無理やり私を連れてきた騎士よりは好感度高いです！

そんな王様にアルフレッドは臆することなく言い放った。

「嫌です」

その場に重い沈黙が流れた。

え？　今普通に王命を断った？

ゲームでは快諾してたよ？　何で？

「も、もちろんただではない！　報酬もたんまりと……」

王様が慌てたように付け加えた。それでもアルフレッドは首を横に振る。

「俺は村で平凡な暮らしができればそれでいいのです。わざわざ命を危険に晒すのは御免です」

そんなにはっきりと！

確かに嫌だろう。報酬を貰えるとは言っても、別に今すごく生活に困っているわけではない。そしてアルフレッドは贅沢を好む人間ではない。

「そ、そうだ！　姫、出てきなさい！」

王様の声に、王様の椅子の後ろから人が出てきた。そこ⁉　そこに待機してたの⁉

スッと椅子の後ろから出てきた人物は、ドレスを両手で広げ、見事なカーテシーを披露《ひろう》する。

「初めてお目にかかります。わたくしはローザ・グリネイル。このグリネイル王国の王女でございます」

愛らしいくりくりした春を思わせる黄色い目。直毛の私と違い、フワフワ揺れる、パステルグリーン色をした綺麗なボブカットの髪。自然の色なのか、桃色をした頬に、ぷるんと潤いを保っている唇。

彼女こそ、この世界のヒロイン。アルフレッドと結ばれる運命の、聖女である。

「可愛い……！」

思わず声が漏れてハッと口を塞ぐ。そんな私に姫様がにこりと微笑む。可愛い！

これが正ヒロインの力！　私も自分を綺麗だと思っていたけどそんなレベルじゃない。負けですこんなのぼろ負けです。さすが正ヒロイン。この世の美の頂点。

これはアルフレッドも一目で恋に落ちるだろう。

そう思い、アルフレッドを見ると、スンッとした顔をしている。

あ？　あれ……？

おかしいな、ゲームの中ではアルフレッドが顔を赤らめて姫様の可愛さにときめいていたはずなのに……。

「美しいじゃろう！」

王様がアルフレッドの様子に気付かないのか、我が子自慢をする。

「この子はわしの子なのにどう間違ったのかすごく美しく生まれてくれての！　我が国の自慢じゃ！」

さりげなく自分のことを下げて愛娘《まなむすめ》を持ち上げる王様、個人的に満点です。

「へえ」

しかしそんな王様の自慢にもアルフレッドは興味がなさそうだ。

さすがの王様も、おや？　という顔をする。

「そ、それで、魔王討伐に姫も同行させ、魔王を倒せた暁《あかつき》には、姫と結婚を……」

「いりません」

アルフレッドがきっぱり言い放つ。

「な、なんと！　姫は白魔法の使い手で、聖女じゃから、旅でも役に立つぞ⁉　それにこんなに可愛くて世界中から求婚者が絶えないというのに……！　何がいけないんじゃ⁉」

王様が心底驚いたという顔でアルフレッドに訊ねる。

「なら、ぜひともその求婚者の中から結婚相手を探してあげてください。お互い愛のない結婚は不幸になるだけです。俺はすでに心に決めた相手がいるので」

そう言うとアルフレッドがこちらをちらっと見る。

え？　今ここで私を見る？　やめて勘違いされちゃうでしょう！

「その……お二人はもしかして……」

王女様が瞳を潤ませて訊ねてくる。そうだった、王女様は勇者に一目惚れする設定だった！　つまり今彼女はすでにアルフレッドを好きになっているはず！

「ええ実はそ」

「そんなことありません！　決して！」

アルフレッドが何か言おうとしているのを大きな声で遮る。これ以上勘違いされるようなことを言われると困る。絶対事実無根なこと言おうとしたもの！

「そうですか」

王女様が私の言葉にほっと息を吐いた。可愛い。

アルフレッドがじっと穴が開きそうなぐらいこちらを見つめているけど、気にしたら負けだ。

「……結婚はともかく、白魔法の使い手はもう間に合っています」

　私の思いが通じたのか、アルフレッドは結婚の話は流してくれたけど、余計な一言を言い放ってくれた。

「白魔法の使い手……？　白魔法を使えるのは姫だけなはずでは……」

「ここにいるレイチェルは、白魔法で魔物を倒せるほどの魔法の使い手です」

　アルフレッド⁉　それ秘密だって知ってたよねアルフレッド⁉　私を巻き込むのやめてよアルフレッドー‼

「なんと！　それは誠か⁉」

　王様がキラキラした目を私に向ける。

　白魔法の使い手が現れたことは一応報告しているはずだが、どうも王様のところまで知らせは届かなかったらしい。もしかしてあの神父さんが何かしてくれたのだろうか。すごく人のよさそうな顔してたもんな……ありがとう神父さん、あなたのおかげで平穏に暮らせてました。残念ながら過去形になりそうです。

　王様にキラキラした瞳で見られたら嘘を吐けるはずがない。というか王様に嘘を吐いたら怖いからできない。

「はい……できます……」

「おお！　素晴らしい！」

王様が手を叩いた。

「姫以外にも白魔法の使い手が存在していたとは！　しかも白魔法で魔物を倒す？

前代未聞《ぜんだいみもん》じゃ！　聖女の名はそなたにこそふさわしい！」

待って、話が大きくなりそうな予感がする。

「そなたに聖女の称号を授けよう！」

ほらー！　話が大きくなったー！

「お、王様……？」

私はおそるおそる王様に話しかけた。

「どうしたのじゃ？　聖女よ」

「いえ、私は聖女なんていう柄《がら》ではないので、その称号は重いというか……」

「しかし、聖女は白魔法の優れた使い手に与えられる称号じゃ。どう考えても姫よりお主のほうが魔法の腕が上じゃろう」

そうかもしれませんけど、それだと話が変わっちゃうんですよ！

聖女である王女様と、勇者であるアルフレッドの幸せハッピーエンドのお話のはずなのに！

というか、どうしてアルフレッドはこんなに旅に出るのを拒否してるわけ？

と考えてハッとする。

私が無事だからだ！

そもそも、アルフレッドが魔王を討伐《とうばつ》する旅に出るきっかけが私なのである。

アルフレッドをかばって怪我をして失明し、勇者として覚醒したアルフレッドは、私をそんな目に遭《あ》わせた魔物を撲滅させるために、王命を快《こころよ》く受け、旅に出るのだ。

つまり、その旅の目的である私が無事ならアルフレッドに旅に出る理由がないのだ。

ああー！　ごめんね、そこで悲しそうにしている王女様！　アルフレッドがこんななのも、あなたから聖女の称号奪いそうになっているのも、全部私のせいだ！

でも許して！　負けヒロインにはなりたくなかったので！

「して、聖女よ」

「いえ、聖女では……」

「どう否定してもそなたは聖女じゃ。間違いない。だから、魔王討伐に行ってくれないかの？」

「……え？」

勇者でなくて私が？

「な、なぜです？」

「聖女は聖なる存在。魔王を討伐するための存在と言い伝えられておる。なので、聖女には魔王討伐に行く義務がある」

「そんな屁理屈《へりくつ》で⁉」

私の拒否を含んだ声に、王様がへにゃりと眉を下げた。

「やっぱりダメかの……？　お主が行くと言えばきっと勇者も行ってくれる気がするのじゃが……勇者と聖女が現れたのに魔王討伐に行かせないとなると、他国から責められるのぉ……」

「うっ……」

王様が同情というもっとも効果のある方法を使ってきた。

王命で無理やりなら旅の途中に他国にとんずらとかで逃げる方法も考えたが、この可愛いフォルムでそう言われると、とても断りづらい。

きっとそれをわかって、強制的に行かせようとせず、自らの意思で行くようにお願いしているのだ。さすが一国の王様。可愛いだけではない。

「……わかりました。行きます」

「おお！　行ってくれるか！」

王様がパッと顔を輝かせる。

「そうか、そうか、ありがとう、聖女よ」

「ただし！」

私は大事なことなので主張する。

「その聖女というのはやめてください！」

私は王様にはっきり言った。

「聖女というのはとても高貴で美しく愛らしい王女様がぴったりです、ええ！　とても私のような庶民には向きません、ええ！　ぜひとも！　王女様が聖女に！」

私が聖女になったら本格的にストーリーが変わってしまう。そうなったらもうどうなるかわからないし、私はゲームの聖女様のようになりたいわけでもない。平穏に人生を謳歌できたらそれでいいのだ。

「それはできん」

「どうして⁉」

王様から拒否され、思わず声が上ずった。

「さきほど言ったように、聖女は白魔法の優れた使い手に与えられる称号じゃ。それを姫にあげたら嘘をついていることになる。それはできん。聖女はお主じゃ」

「で、でも……」

それだとストーリーが……。

私がアワアワしていると、王女様がにこりと笑う。

「わたくしのことは気にしないでください、レイチェルさん。聖女は間違いなくあなたですわ」

「うっ……」

張本人にそう言われたら仕方がない。

「わかりました……一応、聖女ってことで旅をさせていただきます……」

本当はモブその一としてついていきたかったけど仕方がない。ちょっと鍛えすぎちゃったのが悪い。でもおかげで村は守れたからいいや。

「あと行くのはいいですが」

「なんじゃ？　まだ何か条件が……？」

王様が不安そうにするが、大事なことなのでしっかり伝えておく。

「命に代えられないので、無理だと思ったら途中でやめる権利と、成功してもしなくても、報酬たんまりの約束をしてください！」

「もちろんじゃ、もちろんじゃ！　一度挑戦して無理だったら他国も納得するじゃろう」

王様が嬉しそうに頷く。

これでダメでも逃げることが可能で、さらにお金も手に入る。

「……というわけで、勇者も行ってくれるか？」

王様がアルフレッドの顔色を窺いながら訊ねる。アルフレッドは大きなため息を吐いた。

「レイチェルが行くのなら俺も行きます」

「おお、やはりそうか！　ありがとうありがとう！」

王様が嬉しそうにアルフレッドに微笑みかける。

「報酬は期待しておれ。一生遊んでも暮らしていけるようにするからの」

やった！　これで生活には困らない。

「それから、姫もぜひ連れて行っておくれ。そこの……レイチェルじゃったかの？　彼女のように、魔物を倒す力はないが、回復魔法は使える。きっと役に立つじゃろう」

助かる。

こちらとしても、回復魔法の使い手がいてくれれば、私は攻撃に集中できるので
やはり王女様は一緒に旅をするのか。そういえば、ゲームでは社会経験を積ませるためでもあると王様が言っていたような気がする。

王女様が頭を下げる。

「よろしくお願いします」

「こちらこそ、よろしくお願いします」

私も頭を下げると、王女様がにこりと微笑んだ。

ひえ！　ヒロインの笑顔の破壊力！　後光《ごこう》が差している！

「あ、それと、こやつも小間使《こまづか》い代わりに連れて行ってくれ」

王様が騎士を指差す。

「え？」

「こやつは騎士団長で、自分の身は自分で守れるし、炊事洗濯《すいじせんたく》も一通りできる。とくに旅での必要なことがわかっておる。役に立つじゃろう」

「よろしく頼む」

確かに炊事洗濯をしてくれると助かる。旅では必須だからだ。

　そうか、自分の身を守れないメイドさんとか連れて行くわけにはいかないし、かと言って、王女様にそんなことをさせるわけにはいかないだろう。

「よろしくお願いします。えっと……」

「ブランドンだ。ブランドン・エイデン。ブランドンと呼んでくれ」

「はい、ブランドンさん」

　王様が私たちを見てにことしている。

「えーっと、確か勇者は初めに勇者の剣を手に入れに行くんじゃったかの？」

「その通りです」

　王様がブランドンさんに確認して、ブランドンさんが頷く。

　そうだ。このゲームは、まず勇者の剣を手に入れるんだった。

「勇者の剣はここからそう遠くない神聖な洞窟に保管されている。俺がそこまで案内するから迷うこともないだろう」

　道案内役もしてくれるとは、助かる。

「うむうむ。話がまとまったな。では旅の準備ができ次第、魔王討伐に行ってもらう。皆の者、よろしく頼んだぞ！」

　王様の言葉に、私は苦笑した。

◇◇◇

そんなこんなで私も旅に出ることになってしまった。

旅に出るまでの間といって与えられた大きな部屋で、私は一人くつろいでいた。

すごい広い。私の家が丸々一個……いや三個ぐらい入っちゃうぐらい広い。さすが王城。

「旅に出ることになったけど……途中で抜けちゃっても大丈夫よね……」

フカフカソファーに身体を埋めながら独り言ちる。

「本来の聖女がいるんだし、私いなくても……王様も、途中棄権してもいいって言ってたし……」

「レイチェル？　どうかした？」

「ぎゃあ！」

こっそり独り言をしゃべっている最中にアルフレッドが部屋に来て驚く。慌てて起き上がる。

「もう！　アルフレッド！　ノックしてよね！」

「したよ、何度も。レイチェルが考え事してて気づかなかったんだよ」

「え？　そうだった？　なんかごめん……」

責めて悪かったな、と思い素直に謝る。

アルフレッドが私の隣に座る。

「レイチェル、どうして旅に出ることにしたの？」

「だって断りにくいじゃない……王様直々《じきじき》のお願いだし……本気で断ったら家族にも迷惑かかるかもしれないでしょう」

あの王様だとそんなことないと思うが、家族を害することなど一国の王なら簡単にできる。

「それに、ダメだと思ったら途中であきらめていいって言質《げんち》取ったし……あ、あとで誓約書くれるって」

口約束だけじゃ怖いので、きちんと書面にするようお願いしたのだ。

「まあレイチェルが決めたことならいいけど」

アルフレッドが私の手を握る。

「レイチェル、俺が絶対守るから」

「う、うん……」

アルフレッドがにこりと甘い笑みを浮かべる。

「だから旅から戻ったら結婚しようね」

……まだ言っている。

私はアルフレッドのその思いが途中で変わるだろうことを知っている。だけど否定したらこの間みたいにもう一人のアルフレッドがひょっこり出てきそうだからひとまず頷いておくことにした。

「うん……」

「本当⁉　本当だね⁉」

アルフレッドが確認してくるんで、首を縦に振ると、子供のように嬉しそうにする。

「やった！　旅の目標ができたら俄然やる気になってきたよ！　魔王なんてちゃちゃっと倒そうね！」

「そんな魔王討伐がおまけみたいに……」

「俺にとってはおまけだよ」

アルフレッドが勇者らしからぬ言動をする。

「レイチェルと旅するのも楽しみになってきたな……毎日一緒だね」

「村でも毎日一緒だったけど」

「でも寝るときや家族で過ごす時間は別だっただろう？」

それは家庭が違うので当たり前である。

「これからは寝るときも、何をするときもレイチェルと一緒なんだね。……このまま魔王ずっと退治しないでおこうかな」

アルフレッドがシャレにならないことを言い始めたが、余計なことを言わないほうがいい予感がするので私は引き攣《つ》り笑いをするにとどまった。

3章　旅立ち

城に来て三日後。私たちはついに旅に出ることになった。

「姫、気を付けてなぁ……！」

王様が泣きながら王女様を見送っている。

「行って参ります、お父様」

親子の感動シーンを見せられる。ちなみに私たちの親は村からここまで来るのが大変ということで、手紙での知らせとなった。今頃手紙を読んで驚愕《きょうがく》していることだろう。

心配はかけるけど、大金担いで戻ってくるから許してほしい。

「勇者と聖女も、気を付けてな。ブランドン、皆を頼んだぞ」

姫との熱い抱擁《ほうよう》が終わった王様が、私たちにも声をかける。

私たちはそれに頷いて応え、馬車に乗り込んだ。ちなみに御者はブランドンさんだ。

なので馬車の中には私とアルフレッド、そして王女様がいる。

「……えーっと」

パカラパカラと馬の蹄の音しか聞こえない気まずさに、私は口を開いた。

「王女様に改めて自己紹介させていただきますね。私はレイチェル・ウルケッド。レント村出身で、アルフレッドとは幼馴染です」

「まあ、お二人は幼馴染なのですか」

「はい、小さい頃から兄弟のような仲で……」

よかった王女様が食いついて来てくれて！　あと勘違いさせないように兄弟というのをきちんと主張しておく。

大丈夫です、ヒロインはあなたです。

「では勇者様の昔話など、たくさん聞けそうですね」

「ええ、それはもう、なんでも聞いてください！」

きっとアルフレッドがどうやって育ったか興味があるのだろう。少し頬を赤らめている王女様は可愛かった。

「……レイチェルは兄弟と結婚するの?」

しかし、突然隣から冷ややかな声が降って来た。

「……へ?」

和気あいあいとしていたところからの突然のブリザードに、私は震えた。

「レイチェル、俺と結婚の約束したよね? 兄弟だと思っている相手でもできるの? ……じゃありムも消さなきゃな」

今最後! ボソッと最後怖いこと言った! 消さないで! 人の可愛い弟消さないで!

「い、今のは言葉の綾! 兄弟なんて思ってないよ! それぐらいよく一緒に過ごしていたという意味で……」

私は必死に言い訳した。でないとリムが消される。罪のない哀れな弟が私の弟だからという理由で消される。

私の説明に、冷ややかな目を向けていたアルフレッドが、にこっと笑った。

「なんだそっか。そうだよね、俺とレイチェルはいつも一緒だったもんね」

「う、うん……」

「それこそ夫婦のようにね」

「え……？」

そこまで一緒にはいないんじゃないかな……。隣同士に住んでいるとは言っても家は別だし……。

と思ったけどまたアルフレッドの目が淀《よど》んできたので慌てて肯定する。

「う、うんそう！　夫婦っていうか、家族みたいな！　いつも仲良しみたいな！」

「そうだよね」

私の言葉にアルフレッドは嬉しそうだ。

しかし違うところから鋭い視線を感じた。

「ひっ」

王女様がすごい目で私を睨みつけている。

「どうかした？」

私の怯えた様子に気付いたアルフレッドが王女様に視線を向けたときには、王女様は穏やかな表情に戻っていた。

「どうかしました？」

き、気のせいだったかな……？

王女様の愛らしい笑みを見て、私はなんでもないと首を横に振った。

◇◇◇

旅の目的は三つ。

一つは魔王城に向かう。

もう一つは、その途中にある町々を助けることだ。

そして、途中で魔物が入らないように、結界を張っていくことだ。

大体の村や町は何かしら魔物被害で困っており、私たちはそれを解決しながら進まなければいけない。

「森に魔物が大量発生してしまいまして……」

一つ目の村で、村長が困り果てた顔で状況を説明してくれる。

この村は森の木を加工することを生業《なりわい》としてきた。しかし、その森に突然魔物が出るようになったと言う。とても木を伐採するどころではなく、我々が来るのを今か今かと待っていたらしい。

「では我々に任せてください」

ここは初級のダンジョンだ。今の私とアルフレッドなら簡単に攻略できるだろう。

村を襲ってきた魔物よりここの魔物のほうが弱いはずだ。

私の言葉に暗い表情だった村長の顔が輝く。

「ありがとうございますありがとうございます！　お礼に特産品の木彫りをお贈りします！」

そう言って差し出されたのは、日本人だった頃によく見ていた熊が鮭を銜えた木彫りの彫刻だった。

そうだ、このゲームを作っているのは日本人。そういえば初めのダンジョンでレアアイテムとしてもらえた気がする。ただのコレクションアイテムで何にも使えないけれど。

「ありがとうございます……」

ゲームではどれだけアイテムを手に入れてもあまり負担には感じないが、現実では違う。可能な限り軽い荷物で移動したいが、この村長のキラキラした表情から断るのは不可能だった。

とりあえず邪魔にならないよう馬車の上に飾った。

◇◇◇

ダンジョンは初級。はっきり言って余裕である。余裕であるが……。

「ごめんなさい、聖女様。私魔力少なくて……聖女様にまで魔法使えなくて……」

「あ、いえ、大丈夫です」

本来の聖女でヒロインである王女様が私に回復魔法や補助魔法をかけてくれない。

初級ダンジョンだから全然いいんだけど。怪我しても自分でなんとかできるし、全然いいんだけど。

だけどアルフレッドやブランドンさんにはバンバン使うのに私には一度も使わないのが納得いかない。

いいんだけど。自分で何とかするし。怪我なんてさっき木に躓《つまず》いて転んだときしかできてないし、いいんだけど！

「いやいや、もしかしたら本当にたまたまかもしれないし……」

王女様は今の時点でまだレベル一の状態のはず。私とアルフレッドが事前に鍛えてしまったせいで、彼女とは大きな力の差があるし、本当にもう私に割《さ》く余力がないのかもしれない。

そうだ。そう思っておこう。正ヒロインがそんな嫌がらせするわけないじゃない。

「ここのボスも倒したね」

アルフレッドがあっさりキノコの魔物をバッサリ切り倒す。ちょっと動きが鈍くてフォルムが可愛かったが魔物は魔物。毒を吐き出すし倒すしかない。

「今日はもう遅いし、この村に泊まろうか」

「そうだね」

もう夕方から夜になろうとしている。

村には小さいけれど宿屋があったし、そこに泊まることにした。

しかし問題は……。

「王女様、部屋が二つしかないようです」

ブランドンさんが王女様に報告すると、一瞬王女様から笑顔が消えた。

しかし、すぐに何事もなかったかのように笑みを浮かべる。

「そうですか……それは仕方ありませんね」

絶対仕方ないと思ってない。絶対仕方ないと思ってない。

これは私と同室は嫌だという意思表示に他ならないよね？　でも部屋が二つしか

ない以上、同性である私と一緒に泊まってくれないと困る。

王女様だから誰かと一緒に寝るのは嫌なのかな。でもそんなんじゃ旅なんてできないよ！　毎回高級な宿があるわけじゃないもの！

「近くに他の宿泊施設はないのでしょうか？」

王女様が宿屋の主人に聞く。

「残念ながら、一番近い宿は、ここから半日かかる。今からじゃとても……」

宿屋の主人が申し訳なさそうに言う。ごめんね、王女様が遠回しに違うところに泊まりたいって言っちゃって……。

「そうですか」

王女様が平静を装いながら笑みを浮かべるのが怖い。

王女様が私をちらりと見て、小さくため息を吐いた。

そんなに⁉　そんなに嫌⁉

ちょっと傷つきながらも、宿屋の主人も困っているし、ここは私がなんとかしよう。

「えっと、じゃあ私は馬車で寝ますよ。野宿《のじゅく》用の寝袋あるし。お風呂とトイレだけこちら使わせてもらえたら……」

これで問題解決だろう。私の言葉に王女様が嬉しそうな顔をしたのを見逃さなかったぞ私は。

王女様もこれで満足なようだから、馬車に行こうと思い歩こうとすると、誰かに手首を掴まれた。

アルフレッドだ。

「ダメだよ、レイチェル。そんなんじゃ疲れ取れないでしょ」

「大丈夫だよ。寝袋あるし」

「レイチェルもちゃんと休まないと。レイチェルはきちんと戦ったんだから。後ろに控えて一人にだけ魔法使わない誰かさんと違って」

チラッとアルフレッドが王女様を見ながら言うと、王女様の笑みが引き攣った。

アルフレッド！　王族にそんなはっきり嫌味言っちゃダメ！

あと白魔法使いは本来後ろに控えているものなの！　私がちょっと例外なだけ！

というか、王女様のやっていること、アルフレッドにも気付かれていたんだな

……それだけあからさまだったたってことか。

いや、そんなあからさまにされていたとわかったら傷つくんだけど。何がいけなかった？　田舎臭さ？

そこまで考えて私はようやく気付いた。

そうだ！　王女様もアルフレッドも初対面で一目惚れしている設定！　ということは、今すでに王女様はアルフレッドに惚れている！

そしてそんなアルフレッドに引っ付く女。幼馴染だというがやけに距離が近い。

これはそりゃ嫉妬する！

考えなしにいつもの距離感で接してしまった私が悪かった。これからはもう少しアルフレッドと距離取らないと。

そう決意した私の耳に驚くべき言葉が入って来た。

「レイチェルは俺と泊まればいいよ」

「え？」

泊まる？　誰が？　私が？　誰と？

え？　アルフレッドと？

アルフレッドと⁉

「何言ってるの⁉」

「昔はよくお泊りしてただろ。それこそお風呂だって一緒に入った仲なんだから問題ないよ。ブランドンさんには悪いけど、馬車で休んでもらって、王女様は一人で部屋を使えばいいだろう？」

お風呂、というところでまた王女様の表情にひびが入る。

「お風呂ってすごく小さかった頃の話でしょう⁉　いつの話してるのよ！」

確かに入っていた。だけどそれは前世の記憶を取り戻す前の話だ。記憶を取り戻してからは一緒には入っていない。

「でも事実だろ？　今更一緒に泊まるぐらい恥ずかしいことじゃないだろう」

「いや問題あると思うんだけど！」

「ブランドンさんどうです？　騎士なら野宿も慣れていますよね？」

アルフレッドはわめく私から矛先を変えた。

「ああ。別に俺は馬車の中でも問題ない」

「ですって。じゃあいいですよね王女様」

王女様はちっともいいと思ってなさそうな顔で「いいですよ」と言った。

◇◇◇

「どうして誰も私の意見を聞いてくれないの……」

結局アルフレッドと同室になることになってしまった。

王女様はともかく、ブランドンさんはもっと反対してくれてもよかったんじゃないかな？

もしかして私とアルフレッドがデキてると思ってる？

アルフレッドは王女様と結婚するんですよ！　私じゃないです！

「どうかした？」

どうしたも何も、あなたのせいです……。

「もしかして俺と同室は嫌？」

「もしかしなくてもなぜ嫌じゃないと思ったのか聞きたい」

どういう思考になれば私と同室にしようと思うのだろう。

「俺はレイチェルと同室だと嬉しいから？」

から？　と首を傾げられても困る。

「いや、もう同室になっちゃったんだから仕方ないけど」

仕方ないけどどうしても一つ言わせてほしい。

「どうしてダブルベッドなの!?」

普通二人部屋ってシングルベッド二個を想像するじゃない！　なんでどうしてダ

ブルベッド⁉　宿屋の主人ちょっと問い詰めたい！

でもこれは王女様と同室にならなくて本当によかった。ソファーがないから、私は床で寝ることになっていたかもしれない。

「いいじゃないか。前はよく一緒の布団で寝てたんだし」

「いつの話⁉　あのね、もうお互い大きいの！　子供じゃないの！」

一緒の布団で眠っていたのも、小さい頃の話だ。当然ながら、今はもうそんなことはしていない。

「お互い端で寝ましょうね？　いい？」

「わかったわかった」

本当にわかっているのか……。

アルフレッドは妙に距離感が近いから私が気を付けないと。

いくら幼馴染とはいえ、きちんとした距離は保つべきだ。

なんといってもアルフレッドは王女様と結ばれるのだから。

「じゃあ俺はお風呂入ってくるね」

「はーい」

お風呂が部屋に備わっているタイプの宿でよかった。今お風呂で王女様と鉢合わせする勇気はない。

でも……。

私はアルフレッドの消えていったお風呂を見る。

水の流れる音が漏れ出て、ただ入浴しているだけだというのに、なんだか妙な気分になる。

なんだろう……この居た堪れなさ……。

そもそも小さい頃を除いて異性と一緒に泊まるなんてこと経験ないのよ。ちょっと意識しても仕方ないわよね？

私が自分で自分に言い訳しているうちに、アルフレッドがお風呂から出てきた。上半身裸で。

「きゃー！　服着てよー！」

「だって暑いもん」

「暑いもんじゃない！　こちらは花も恥じらう乙女《おとめ》なの！」

異性の裸なんか見慣れてないのだからやめてほしい！　心臓に悪い！

この世界にドライヤーはない。だから魔法で髪を乾かすのだけれど、アルフレッドは暑いからか、タオルで髪を拭いただけだ。

首から下げたタオルで髪を拭く姿は扇情感《せんじょうかん》がある。

アルフレッドの質のいい黒髪は濡れるとさらに艶やかになり、その髪からポツポツと水滴が垂れ、アルフレッドの肌を流れていく。お風呂上りだからだろうか、アルフレッドの緑色の瞳が、潤んでいる様《さま》はまるで一枚の絵画のようだった。

女の私より美しい。ちょっと嫉妬しそう。

アルフレッドはそのまま私の座っているベッドまで来て腰を下ろした。隣に座った彼から石鹸《せっけん》の香りがする。

「レイチェル……」

アルフレッドが私のことを呼ぶ。

なんかこれ……なんかこれいけない気がする……！

「わ、私もお風呂入ってくる！」

私は慌ててタオルを引っ摑んでお風呂場に直行した。

この世界にはシャワーがある。日本人が作ったゲームだからだろうか。

私はシャワーを頭から浴びて自分の雑念を追い払おうとする。

「そもそも顔がいいのがいけないんだよぉ……」

乙女ゲームでもないのだから主人公をイケメンにしなくてもいいのに。いや、わかる。人気イラストレーターのキャラがどう頑張ってもイケメンにしかならないのはわかる。わかるけれど……！

おかげで少し惑わされそうになる！

「いけないいけないいけない……アルフレッドは王女様と結ばれるのだから」

今はなんだか二人とも微妙な感じだが、きっと最終的にくっつくはずだ。ゲームの強制力とかなんかそんな感じで。

でも私が自分を鍛えてしまったためか、少しストーリーが変わってしまった。魔物の出現時期もゲームとは違っていたし、アルフレッドは王女様に一目惚れしていないみたいだし、なぜかゲームで登場しなかった騎士団長であるブランドンさんが同行してるし。

……こう考えると少しじゃないな。結構変わっている。

「私は負けヒロインになりたくなかっただけで、ゲームのストーリー全体を変えたかったわけじゃないんだけどな……」

こうなると先がわからなくて怖い。なんとか私を負けヒロインにしようとする力が働いたりしないか不安になる。

「ちょっとストーリーをもとに戻さないと」

そのためにどうしたらいいだろうか。

一つだけ案が浮かぶ。

「よしっ！　明日ブランドンさんに相談しよう！」

考えがまとまったので、ささっと身体を洗ってタオルで身体を拭く。そして気付いた。

「あ……髪……」

そう、この世界にドライヤーはない。魔法で乾かすのだ。

しかし残念なことに私が使える魔法は白魔法のみ。髪を乾かすのに使う風魔法が使えない。

いつもは父か母にお願いしていたが、ここには当然いない。

となると、今お願いできるのは、同室の人間だけである。

私はそおっと浴室の扉を開ける。

「あの〜……アルフレッドさん？」

おそるおそる扉から出てアルフレッドを呼ぶ。

「何？」

よかった。まだ起きてた。

「あのね、髪を乾かしてほしいんだけど」

「ああ、そっか」

ベッドに横になっていたアルフレッドが起き上がり、ポンポンと自分の隣を手で叩いた。

「ほら、ここ座って」

「は、はい」

私はアルフレッドの隣に腰を落とす。

アルフレッドが私の水分を含んだ髪に触れる。父や母に触られても何とも思わないのに、アルフレッドに触られるとどうしてこんなに胸の鼓動が速くなるのだろう。

「レイチェルの髪は綺麗だね」

「そ、そう……？」

特に手入れもしていないが、これもやはりヒロイン枠だからだろうか。太陽の照り返しの激しい中での農作業や、森での修行をしていたのに、私の髪は傷みしらずで、指で梳《す》いても引っかからない。

今もアルフレッドの指からサラサラ流れていく。

「うん、いつまでも触っていたくなるよ」

「そ、そうかな……」

アルフレッドは私の髪の感触を楽しんでいるようだ。

早く乾かしてくれないかな……。

「今までレイチェルは俺に乾かせてくれなかったから、新鮮だな。俺旅に出られてよかったたと、初めて思った」

「髪ぐらいで大げさな……」

村にいたとき、頼まれても乾かすのを拒否したのは、家族がいてその必要がないからだ。家に乾かしてくれる人間がいるのだから、わざわざ隣に住む人間にお願いする必要性がなかった。

そう説明しても、あきらめ悪く、何度もアルフレッドは食い下がってきてたけど……。

「レイチェルは白魔法しか使えないから、一人だと不便なことがきっといっぱいあるね」

「うっ……」

確かにその通りだ。

この世界に人間は、みんな、火、水、風、土の属性魔法を使える。得手不得手はあっても、基本みんな使えるのだ。

それらの魔法が使える前提の暮らしをみんなが送っている。つまり、ドライヤーの代わりに風魔法を使ったり、コンロの火も魔法で起こしたり、そういう生活のあらゆるものが魔法と結びついている。

そしてそれらを私は使えない。

「マッチとかあるもん……」

みんなが火魔法を使えても、苦手な人間もいる。そういう人のために、マッチなどの製品はあった。

「でも高いでしょ？」

「うぅ……」

そう、高いのである。

魔法で済ませることができるこの世界で、マッチなどは贅沢品……つまり高級品だった。

ただの村娘である私には買えない。

「でも王様が遊んで暮らせるお金くれるって言ってくれたもん！」

それがあればどうにかなるはずだ。

「でも不便だと思うなぁ……マッチだと火加減調整できないし……それに髪を乾かす道具はないしね」

「んぐぅ……」

コンロの火は魔法で起こすので、弱火強火の調整も基本魔法でやるのだ。しかしマッチの場合は、コンロに木を入れて、その木の量などで調整しなければいけない。非常に難しく面倒くさい。

そしてやはり髪を乾かす道具は存在しないのだ。

「もういっそ髪切ろうかな……」

そうすればコンロは面倒だが、できないわけではないし、一番困る髪の毛も、短くすれば、勝手に乾くのを待てばいい。

「髪を切る……？」

隣から低い声が聞こえ、私はハッと息を飲んだ。

「レイチェル、髪切るの……？」

「え？　だって……自分で乾かせないし……」

アルフレッドだって不便だと言っていたのに、なぜか私が髪を切るという話をしたらまるで責めるような口調で訊ねられた。

実際父母に頼れなくなったら不便だ。そうなったらきっとバッサリ切ることになると思う。

「俺はレイチェルにはこのまま髪伸ばしてほしいな」

「え？」

「髪は俺が乾かすから、問題ないでしょう？」

問題ある。なんで妙齢の男の幼馴染に髪を乾かしてもらわないといけないのか。

そういうのはたぶん恋人や家族に頼むべきだ。

「問題ばかりじゃ……」

「いいよね？」

アルフレッドが優しい口調で圧をかけてくる。なんで？　どう考えてもよくないよね？

そう言いたいけどアルフレッドの圧力に勝てなかった。

「わ、わかった」

「だよね。これからもレイチェルは俺にだけ頼ってね」

にこりと笑うアルフレッドに、私は引き攣った笑みを返す。

「じゃあそろそろ乾かそうか」

ようやくアルフレッドが私の髪を乾かしてくれる。アルフレッドの指先から優しい風が吹いてきて、私の髪の水分を飛ばしてくれる。生温かなその風に、私はうつらうつらと船をこぎ始める。

「レイチェル、眠い？」

「うーん……」

髪に当たる風が心地いい。

「レイチェル、もし髪を切るなら俺にちょうだいね」

「うん……」

アルフレッドの柔らかい声音も気持ちいい。

「レイチェル、俺以外に触らせたらダメだからね」

「う……ん……」

私はついに睡魔に勝てず、アルフレッドにもたれかかった。アルフレッドの鼓動が聞こえてきて、さらに眠気を誘ってくる。

「おや、すみぃ……」

アルフレッドにそう言って私は眠りに落ちた。

「……もし俺以外にレイチェルに触るやつがいたら……そいつ消しちゃうか」

眠りに落ちる寸前、普段穏やかなアルフレッドから想像もできない言葉が聞こえた気がした。

◇◇◇

翌朝。

チュンチュンチュンという小鳥のさえずりと共に目を覚ます。

すると目の前に美麗な顔が飛び込んできた。

「ひょえーー⁉」

私は思わず大きな声を上げて飛び起きた。

「な、なに、なん、なんで⁉」

「うーん……」

混乱する私に、美しい顔の持ち主であるアルフレッドが眠そうに目を擦《こす》りながら口を開いた。

「どうしたのレイチェル……」

「ど、どうしたって………そうだ、同室だったんだ……」

ようやく寝ぼけた頭が正常に稼働し始めた。そうだ、昨日なんだかんだで、ダブルベッドで一緒に寝たんだった。

「——って、この手何⁉」

アルフレッドの腕が私の腰に回っている。つまりとてつもなく密着している。未婚の男女がこんなにくっついていていいはずがない！

「アルフレッド！　アルフレッド！」

私は私に抱き着いたままのアルフレッドを揺すって起こそうとする。

「なにレイチェル……もう少しだけ寝ようよ」

「いや寝ようよじゃなくて！　この手を離して！」

私はアルフレッドの腕をペシペシ叩く。それでも反応がないので無理やり引きはがそうと腕を引っ張るが、びくともしない。これが勇者の腕力……！

「レイチェル……ふわふわ……やわらかい……」

アルフレッドが私にすりすり顔を擂《す》り寄せる。ひえええ！　やめて心臓が破裂する！

「アルフレッド！　いいかげん怒るよ！」

私の怒鳴り声に、アルフレッドが仕方なさそうに腕をほどいた。私はふう、と息を吐き出すが、目の前にはまだアルフレッドの顔がある。

「ひい、近い！　近すぎでは⁉」

私は慌ててベッドの端による。

あぶない、下手したらチューする距離だった！

無事？　無事よね？　うっかりアルフレッドの唇奪ったりしてないよね私？

私は慌てて唇を確認するが、寝起きでカサカサに乾燥しているから大丈夫だと思う。たぶん。きっと。だって前世で読んだ小説ではチューしたら大体唇潤ってたもん。だからきっと何もないはず！

「アルフレッド！　お互い距離あけて眠る約束だったでしょう！」

アルフレッドはポリポリと頭を掻く。

「そうしてたよ。でも寝ぼけて近寄って来たのはレイチェルだよ？」

「え？」

「レイチェルの寝相がひどいから、抱きしめてたんだよ」

「う、嘘！」

思わぬ事実を言われて、私は青くなる。

「私ってそんなに寝相悪かったの⁉」

自分の寝ている姿など見たことないからわからなかった。もしかしてずっとすごい寝相だったのだろうか。今まで起きたとき、お布団も綺麗だったし、格好も変じゃなかったから気付かなかった。

「恥ずかしい……」

一人で恥ずかしさに耐えていた私は、アルフレッドが「そうやって信じちゃうところが可愛いなぁ」と言っていたことなど、気付かなかった。

◇◇◇

「おはようございます」

私たちの隣の部屋で眠った王女様と、部屋から出たら鉢合わせた。ま、まさか私たちが出てくるのを待ち構えていたわけじゃないよね？

「お、おはようございます……」

王女様の思い人であるはずのアルフレッドと同じ部屋で眠ることになってしまい、気まずい。

「え、えっと、じゃあ朝食を食べにいきましょうか！」

夕食は部屋に持ってきてくれたが、朝食は宿屋に備《そな》わっている食堂で食べることになっていた。ちなみに夕食を部屋でとる理由は、夜の食堂は酒場になって席が空かないからだ。

食堂は空いていた。朝はもう酒の提供はしないからだろう。朝食を食べに来ている数人の村人がいるぐらいで、席は選び放題だ。

窓側の席を見ると、すでに見知った顔が座っていた。

彼はこちらに気付くと、スッと立ち上がる。

「姫様、おはようございます。勇者と、聖女も、よい朝だな」

「ブランドンさん、おはようございます」

王女様とアルフレッドもそれぞれブランドンさんに朝の挨拶をして、席に着く。

朝食のメニューはスクランブルエッグにホットミルク、焼き立てのパンにトマトとキャベツのサラダ。そしてデザートのオレンジだ。

「わぁ、おいしそう！　いただきます！」

「まずそう……」

え……。

私と言葉を被せるようにして王女様から正反対の言葉が聞こえた。私が王女様のほうを見ると、王女様は困ったように、眉を八の字にしている。

「あらごめんなさい……でもこれからこれが毎日かと思うと……はぁ、早く慣れないと……」

王女様はそう言って、渋々サラダに手を付け始めた。本当に渋々と。

こんなにおいしそうなのに、王女様にはまずそうに見えるのか……。

王宮では相当いいものを食べてきたのだなぁ、と住む世界が違うのをまざまざと感じた。

「贅沢《ぜいたく》を言うのなら食べなければいいのでは？」

不愉快そうにアルフレッドが王女様を見る。

優しいアルフレッドが怒るのは珍しい。

「あ、いえ……そういうわけではなくて……」

ではどういうわけなのだろう。王女様はアルフレッドに冷たくされるとは思ってもいなかった様子で、オロオロしている。

しかしアルフレッドが怒るのもわかる。私もアルフレッドも農家の子供だ。食べ物は粗末《そまつ》にしないように、そして出荷する野菜はおいしく食べてほしいと願っていつも畑仕事をしていた。

だから王女様の気持ちにはこれっぽっちも賛同できない。

「王女様もそのうち慣れる。王女様、これからは、旅をする間は王城のような贅沢な暮らしはできません。状況を受け入れてください」

「……わかりました」

ブランドンさんが王女様のフォローをする。ゲームではこういうシーンはなかったが、王女様がこうして旅をするのは、今までと生活環境が違い過ぎて大変なのだろう。

できれば早めに慣れてほしい。でないとアルフレッドの王女様好感度がマイナスになりそうな気がする。

「あ、そうだ、ブランドンさん。あとで少し話があるんですけど」

私は忘れないうちにブランドンさんに切り出した。

「話？　ここではダメなのか？」

「ここではちょっと……報酬に関してなので」

「ああ、なるほど。わかった。では朝食後に話を聞こう」

無事約束を取り付けてほっとする。

「というわけでアルフレッド、私とブランドンさんが話している間、ここで王女様と話してて」

「なんで？　俺も聞きたい」

「誰にも知られたくない報酬なの！　聞きに来たら怒るからね！」

アルフレッドが絶対来ないように釘を刺す。

王女様と親交も深められていいでしょう。

私は満足してスクランブルエッグに手を付けた。

◇◇◇

朝食後、旅立つ準備をしながら話を聞くということで、私は馬車にやってきた。

「ブランドンさん」

「ああ、来たな」

せっせと馬車に荷物を積んでいるブランドンさんに声をかける。

「それなんです？」

「食料など、旅に必要な日用品だ。万一道に迷って二、三日馬車で寝泊まりしても
なんとかなるようにしている」

そういうことまでやってくれるのか。とても助かる。

「お手伝いします」

「いや、お前には持てないだろう」

「そんなことありませんよ！　これぐらい……」

私は近くにあった木箱を持ち上げようと腕に力を込めた。

が、びくともしない。

「……これぐらいも無理なようです」

「そうだろう。そんなヒョロヒョロで持てるはずがない」

「ヒョロヒョロ……」

そう、忘れていた。私が筋肉付かない体質で非力《ひりき》なこと。

木箱一つ持てないとはなさけない。

「じゃあ早く終わるように補助魔法を……」

「いや、これも鍛える一環だから今はいい。魔物が出たときだけ頼む」

私の魔法をあっさり拒否するブランドンさん。かっこいい、騎士の鑑！

私だったら楽したいから、全力でお願いしちゃう。

ブランドンさんは、初めは無骨《ぶこつ》な騎士だなと思っていたけど、こうして一緒にいると、なんとなく父に似ていて少し親近感が湧く。マッチョなところとか。

「それで、大事な話があったんじゃないのか？」

あ、そうだ。大事な話があったんだ。

「私、旅を棄権《きけん》したいんですけど」

「何？」

ブランドンさんが手を止めた。

「本気か？　まだ始まったばかりだぞ？」

「本気も本気です。だって私邪魔ものですもの。勇者と王女様は引っ付くべきだと思いません？」

王様のあの感じだと、王女と勇者が結婚してくれたらいいなと思っているのが丸わかりだった。

「それはそうだが……」

「ですよね！　なら私いないほうがいいと思うんです！」

現状、アルフレッドは私にべったりだ。これでは芽生えるものも芽生えない。大事な恋愛イベントが起こらない。

ブランドンさんは顎に手を当てて少し考え込んだ。

「……いいだろう。ただ、勇者の剣を手に入れるまでは同行してもらいたい」

確かに、アルフレッドの勇者の力は今完璧なものではない。勇者の剣を手に入れてこそ、その本領は発揮されるのだ。

それまでは一応戦闘力になれる私はいたほうがいいのかもしれない。たとえ初期ダンジョンだとしても。

「わかりました！　では勇者の剣を手に入れるまでよろしくお願いします！」

その間だけならいいだろう。もう次の目的地がそこだし。ほんの少し脱退時期が先になるだけだ。

「あ、途中で抜けるけど約束通り報酬たんまりお願いしますね！」

「わかっている。いつでも報酬を受け渡せるように手配済みだ」

おお！　さすが！　仕事が早い！

これで安心して抜けられる。お金、大事！

「あ、みんなには秘密でお願いします！」

「なぜだ？」

「アルフレッドが絶対反対するからです。きっと私を引き止めるか、それが叶わなかったら彼も旅をやめる可能性があります」

おそらくそうすると思う。アルフレッドなら。

「……確かに勇者の様子からしてそうかもしれないな。わかった。誰にも言わない」

「ありがとうございます！」

そうと決まったら、勇者の剣を手に入れたらこっそり抜け出すだけである。防音魔法とかあれこれ使えばきっといける！

「……ところで、一つ聞きたかったんですけど」

「なんだ？」

「もしかしてブランドンさんって貴族だったりします？」

騎士団で働いているわりに、何だか所作《しょさ》が上品なのだ。筋肉ムキムキだが、うちの父のようなただただ男臭いのとはまた違う。

「ああ。一応、侯爵位を賜《たまわ》っている」

「侯爵位……！」

思ったより上の方だった。

「実家は伯爵だったが、俺が騎士団長になると決まったときに爵位が上がった」

「へえー……」

元々が貴族なのか。だからなんだから偉そう……じゃなかった、人に指示するのが慣れてそうな感じだったのか。

何はともあれ、これで不安要素はなくなった。引き止められたらどうしようかと思っていたんだよね。

勇者の剣さえ手に入れたら村に戻ってのんびりしよう。狭い家を建て直してあげようかな。やだ、私ったらなんて親孝行な娘なのかしら！

頭の中が報酬でいっぱいになっている私は、その会話を誰かに聞かれていることに気付かなかった。

◇◇◇

にこにこにこにこ。

少し前まで私に対して当たりが強かった王女様が機嫌よさそうにしている。

なんだろう……なんか怖い。

「勇者様、飲み物いりますか？」

「いりません」

しかも何だかアルフレッドに猛アタックしてる気がする。

馬車の中でイチャコラしてる二人を見て、なんとも言えない気持ちになる。

なんだろう、幼馴染のこういうのって、どういう気持ちで見たらいいのかわからなくなる。まるで兄弟に彼女ができたような気分だ。

せめて馬車の中はやめてくれないかな。気まずい。

王女様を鬱陶《うっとう》しそうにしていたアルフレッドが立ち上がる。馬車の中で立つと危ないよアルフレッド！

アルフレッドはそのまま席を移動し、私の隣に着席した。え、何で？　やめて、今こっちに来るの！

絶対また睨《にら》まれてる……！　と思いながら王女様を見たら、王女様は変わらずにここにこしている。

あれ……？　昨日までは私がアルフレッドのそばにいるだけで睨みつけてきたのに……？

どうしたんだろう、王女様。たまたま機嫌がいいというわけではなさそうだ。

「勇者様」

「何ですか、王女様」

「もう、名前で呼んでください」

愛らしい王女様からのお願いを断れる男がいるだろうか。

「お断りします」

いるんだな、これが。

アルフレッドがきっぱり王女様を拒否する。

しかし彼女はめげない。

「なぜです?」

「王女様は身分を知らないのですか?　俺は平民です。気安く王女様の名前を呼べる立場ではありません」

きっぱり言い放つアルフレッド。確かに勇者ではあるけれど、アルフレッドの身分は平民だ。

「まあ。そんなことを気にされていたのですが?」

私たちにしたら身分の差は大きいのだが、そんなものは大したことではない、というように王女様が言葉を続ける。

「勇者様はこの世界でただ一人、世界を救ってくれる存在です。そんな勇者様に身分などあってないようなもの。それこそ王と同じぐらいの地位があるとお思いください」

確かにその通りだ。勇者というのはこの世界に一人しかいない。魔物が大量発生する時期に生まれてくる、世界の救世主だ。

だから王様も、アルフレッドの身分など気にせず、王女様と結婚させたかったのだろう。

「どうか気兼《きが》ねせずに、わたくしのことはローザと」

王女様が美しい唇に弧を描く。

「嫌です」

しかしアルフレッドはきっぱりと王女様の申し出を断った。

「遠回しな言い方ではダメなようなので、はっきり言います。親しくもない人間の名前を気安く呼びたくありません」

あまりにはっきり言うので私の血の気が引いた。

アルフレッド！　相手王族！　いやさっき王女様がアルフレッドも王族と同じぐらい価値があるって言ってたけど！　でも王女様にその態度はダメでしょう⁉

さすがに怒るんじゃないかと王女様をちらりと見ると、王女様は表情を崩さず、笑みを浮かべたままだった。

「さすが勇者様。しっかりご自身を持っていらっしゃるのですね。では仲良くなったらぜひ呼んでくださいませ」

「仲良くなりません」

アルフレッド！　そろそろやめてアルフレッド！

私の心の声など届かず、アルフレッドは口を閉じることを知らない。

「俺が何も気付かない間抜けだとでも？　昨日もレイチェルにだけ回復魔法かけなかったですよね？　たまにレイチェルを見ているときは睨みつけているし……俺の大事な幼馴染にそのような態度をとる人と仲良くなる気はありません」

さすがの王女様も顔が少し引き攣った。

やっぱりアルフレッドも気付いていたんだ。王女様、あからさまだったからなぁ……。

嫉妬にしても、もう少しうまくできなかったんだろうか。おかげでアルフレッドの好感度はだだ下がりだ。

「それは……申し訳ありませんでした。初めての旅で、気が立っておりましたの」

「俺じゃなくてレイチェルに謝ってくれませんか？」

その通りだけど、別に私は謝ってもらわなくても構わない。というか怖いから謝らないでほしい。王女様がそんな簡単に頭下げなくていいんですよ！

しかし私の心の声は届かない。

王女様は私に向かって頭を下げる。頭を下げた！　王女様が！

「レイチェルさん、ごめんなさい」

「あ、頭を上げてください王女様！　私怒っていませんから！　ね？　王女様も謝ってくれたし、もういいよね、アルフレッド！」

いいって言ってお願いだから。

「……わかりました。名前で呼べばいいんですね、ローザさん」

まだ納得していない表情だが、アルフレッドは渋々王女様の要求に応えた。

王女様の表情が途端に明るくなる。

「ありがとうございます！　ぜひ敬語もなしで……」

「それはできません」

「……お名前だけでも呼んでいただけて嬉しいです」

敬語をなくすことはできなかったが、名前で呼んでもらえることになって、王女様も納得したようで、私は胸を撫で下ろす。

そのとき、馬車が止まる。

「着いたぞ。勇者の剣がある洞窟《どうくつ》だ」

やっと着いた！

私は大喜びで馬車から降りる。やっと出られたあの空間から！

こんな思いするくらいだったら馬車の操縦方法覚えておくんだった。馬車の中でハラハラするより御者《ぎょしゃ》に徹していたほうが絶対胃に優しい。

「おぉー、ここが勇者の剣のある洞窟！」

聖なる洞窟というだけあって、洞窟らしいじっとりした感じがない。むしろ洞窟から爽やかな風が吹いてくるようだ。

「入るか」

アルフレッドが率先《そっせん》して中に入る。それに私たちが続いていく。

洞窟は不思議な青い光が照らしていて、松明《たいまつ》は必要なかった。地面もぬかるんでおらず、とても洞窟内部とは思えない幻想的な光景が広がっていた。

「綺麗……」

思わず声が漏れる。青い光で照らされた洞窟は、仄《ほの》かな明かりのおかげで落ち着く雰囲気を醸し出している。魔物も現れない。この洞窟の性質だろうか。

一直線の道を進んでいく。分かれ道などがないので、迷うこともなかった。

そしてついに辿り着く。

さっきまで細い道の洞窟だったのに、勇者の剣がある場所だけ大きな空間があった。水に囲まれるように浮いている勇者の剣は、青い光に反射して美しさと神秘さを感じさせる。

アルフレッドがごくりと唾を飲み込むと、水の中に足を踏み入れる。

水かさはアルフレッドの腰ぐらいだ。純度の高い水で、水の下に沈んだアルフレッドの足もしっかり見える。

一歩、一歩とゆっくりアルフレッドが進んでいく。

そしてついに勇者の剣に辿り着いた。

アルフレッドがゆっくりと剣に手を伸ばす。

その瞬間まばゆい光に包まれた。

「きゃあ！」

王女様が悲鳴をあげる。私もあまりの光に目を瞑《つむ》った。

やがて光が収まり、私はそっと瞼を開ける。

そこには勇者の剣を持ったアルフレッドが立っていた。

「アルフレッド……」

アルフレッドが来た道を戻って、水から上がる。ブランドンさんがすかさずアルフレッドを風魔法で乾かした。

「ありがとうございます」

「礼などいい。どうだ、剣は」

アルフレッドは勇者の剣を自分の眼前に掲げる。

「なんでしょう……今まで握ったことがないのが不思議なぐらいしっくりきます」

「勇者の剣だからな。勇者以外はその剣に触れない」

ブランドンさんが勇者の剣に手を近付けると、見えない何かに阻まれるように、手を弾かれた。

「この通りだ。それは勇者の剣。お前だけが扱える、最高の武器だ」

「俺だけが扱える……」

アルフレッドが愛おしそうに剣を眺める。

そんなアルフレッドの肩をブランドンさんが叩く。

「さあ、ここを出よう。その剣の鞘《さや》を作りに行かなきゃな」

「鞘？」

「ああ。ここにずっとあったのだから鞘がない。刃を丸出しで持ち歩くわけにはいかないだろう？」

確かにその通りである。ゲームでは気付いたら鞘があったからそんなものかと思ったが、冷静に考えたら鞘だけ勝手に湧いてくるはずがない。

「近くの町で作ろう。ここから一時間で着く」

それは近くて助かった。町があるのならそこで馬車を拾って村に帰ればちょうどいい。

私たちは近くの町に向かった。

◇◇◇

「ほわー、大きい！」

王城に呼び出されたときにちらりと見た城下町ほどではないが、それでもとても大きな町だ。

「この国で二番目の規模の町だ。迷子にならないように」

はしゃいでいる私にブランドンさんが注意する。確かにこんな大きな街歩いたことないからはぐれそうだ。気を付けよう。

なにせ私の魔法は対魔物用。人間には効かないのだ。どこかでガラの悪い連中に迷子になったときに絡まれでもしたら終わりである。大体いるんだこういう大きな町は。都会怖い。

生粋《きっすい》の田舎育ちの私はブランドンさんから離れないように歩いていると、ふと手を握られる。

見るとアルフレッドが氷の笑顔を浮かべていた。

「レイチェル、どうしてそんなにブランドンさんに近いの？」

「ま、迷子にならないようにだけど……」

何で怒ってるの？　迷子になったら困るでしょ？

アルフレッドはそのまま私の手をぎゅっと握りしめ離してくれない。

「じゃあ俺でもいいよね。大丈夫、レイチェルのことは守るからね」

「は、はぁ……」

攻撃魔法も物理攻撃もできないので助かるけど……助かるけど……。

後ろから刺さる王女様の視線が痛い。

おそるおそる後ろを振り返ると、こちらを睨みつけていた王女様がスッと笑顔になった。怖い！　その変わり身が怖い！

「勇者様、わたくしも近くにいさせていただいてもいいですか？」

「嫌です。王女様はブランドンさんに守ってもらってください。俺はレイチェルで手一杯です」

そんなことないよね⁉　もう片手空いてるよね⁉　勇者だから二人ぐらい簡単に守れるよね⁉

私はアルフレッドの王女様への対応にハラハラしてしまう。ゲームではもっと王女様に優しかったのにどうしたのだろう。なんというか、今のアルフレッドは王女様に誰の目からわかるほどの塩対応だ。

「アルフレッド……」

私はアルフレッドの服を引っ張ってアルフレッドに近くに寄るように促す。アルフレッドが嬉しそうな顔で私に近付く。ほら！　それ！　その顔を私じゃなくて王女様にしてあげないと！

「あの……王女様にもっと優しくできない……？」

「なんで？」

嬉しそうだったアルフレッドの顔が一瞬で「はぁ？」という顔に変化した。

「なんでって……」

ヒロインだからとは言えない。

「王女様なんだから丁寧に接しないと……王族なんだから」

「王族だからって親切にしなきゃいけないわけじゃないよね？」

「え……？　そ、そう……かな……？」

確かに法律で決まっているわけではないけれど。

なんだろう、なんだかそんなにはっきり「俺は間違っていない」って顔で主張されるとこっちがおかしい気になってくる。

たぶん私間違っていないと思うんだけど、無理強《じ》いはやめておこう。これ以上王女様の擁護をしたら、余計にアルフレッドの王女様への態度が頑《かたく》なになりそうだ。

それより、いつ抜け出そうかなぁ。

普通に「あとは私なしで頑張ってね！」と言ってもアルフレッドは大反対するだろう。それどころか自分も抜けると言い出しそうだ。話し合いで抜けるのはおそらく難しい。

となると、密かに抜けるしかない。

黙って脱退するのは少し気が引けるけれど、これもゲームをもとの形に戻し、私が平穏に暮らすためだ。

私はブランドンさんに視線で「もう約束守ったからいつ抜け出してもいいんですよね……？」と訴える。

聡《さと》いブランドンさんは静かに頷いた。

よし！　承諾は得たぞ！

アルフレッドは勇者の剣を手に入れたし、王女様はちゃんとゲーム通り白魔法使えてるし、私がいなくてもエンディングまでいけるはず！

せっかく初めて村の外に出たんだから、どこか他の町も巡ってみようかな。

私はこれからのことにウキウキと胸を弾ませた。

その様子をアルフレッドがじっと見ていたことにも気付かずに。

◇◇◇

「よーし！」

私は最終確認をしていた。

「荷造りよし！　忘れ物なし！　お風呂も入ったし……髪は濡れたままだけどそれは仕方ない！」

風魔法を使えないのだからこれは我慢しなければ。

「これでアルフレッドともしばらく会えないのかぁ……」

なんだかんだずっと一緒だったから少し寂しい。だけどきっとすぐ慣れる。

アルフレッドの寂しさは王女様が埋めてくれるはずだろう。

「じゃあ見つからないうちに」

私は窓に手をかけた。

「脱出――」

「レイチェルどこに行くの？」

聞こえるはずのない声が聞こえて私はそちらに顔を向けた。

「アルフレッドさん……？」

私が出て行こうとした窓のすぐ横に、アルフレッドが立っていた。

「あの……なんでそこに……？」

「なんとなくかな」

絶対そんなことないよね？　なんとなくで私の部屋の窓のそばにいるなんてありえないよね？

「なんでそんな荷物抱えて窓から出てきたのかな？」

「えーっと……」

　このパーティーから抜け出すためですなんて言えない。

「ちょっと荷物の整理してて……馬車に載せとこうかな、なんて……」

「そうなんだ。じゃあ俺が持っていくね」

「え……」

　拒否する前にアルフレッドに荷物を取られ、そのまま歩いていかれてしまった。

まずい。あれには私の全財産も入っているのに。

　これではもう逃げ出せない。

「やられた……」

　私はがっくり項垂れた。これでは今日はもう逃げ出せない。今日は絶好の機会だったのに！

「レイチェル、髪まだ濡れてるね？」

　もう戻って来たアルフレッドが私の髪に触れる。

「さっきお風呂入ったから」

「じゃあ乾かしてあげるから部屋に入っていい？」

「え……何で？」

そこで乾かしてくれたらいいんじゃないかな。

そう思うけどアルフレッドはその場では乾かしてくれなそうだ。

「意外と疲れるんだよ風魔法。だからどこか座りながらやりたいな」

「そう、なの？」

残念ながら私は風魔法を使えないからどれぐらい疲れるかわからない。父や母は全然使っても疲れた様子はなかったけど、魔法は個人差がある。もしかしたらアルフレッドは風魔法が苦手なのかもしれない。

「わかった……じゃあどうぞ……」

私は渋々アルフレッドを部屋に入れた。

今日は大きな町なだけあって部屋数も人数分あった。だから、一人一部屋を借りている。

そして大きな町なだけあって部屋も大きい。

というか、今回は大きすぎる。

「王女様が部屋が大きい方がいいって駄々を捏《こ》ねて、みんな二人部屋になったから昨日の宿より部屋が大きいね」

「そうだね……」

王女様、まさかのここでわがままを発揮していた。

昨日の部屋が相当嫌だったのか、「絶対一番大きい部屋！」と言って全員二人部屋になった。

「じゃあレイチェル座って」

「はーい」

部屋にあったソファーに座る。

アルフレッドが髪に指を通す。マッサージするように梳《す》かれ、フワフワくる風が心地いい。

アルフレッドの乾かし方好きだなぁ。

「はい、終わったよ」

「あ、ありがとう」

にこにこにこにこ。

アルフレッドは笑ったまま動かない。

「あの……アルフレッドさん……？」

「なあに、レイチェル」

「そろそろ部屋に戻ってもらっても」

「やだよ」

え……。

「やだって……」

「だってこれだけ広いんだから問題ないでしょう？　今日はベッド二個あるし」

問題ある。大ありである。

「そもそも年頃の男女が同じ部屋に泊まるなんてありえないの！」

私の言葉にアルフレッドが意外そうな顔をする。

「……年頃の男女の自覚はあったのか」

「何？」

「べつに」

アルフレッドの声が小さすぎて聞こえなかったので聞き返したが、誤魔化されてしまった。

「昨日だって一緒に泊まったんだからいいじゃないか」

「昨日は仕方なかったからでしょう⁉　今日はきちんと部屋があるんだからそっちに行って！」

昨日と今日じゃ状況が違う。昨日は本当に仕方なく、仕方なーく、一緒の部屋で寝たのだ。今日はその必要はない。

「まあまあ。そう気にしないで」

「気にするよ⁉」

そして王女様の反応も気になる。怖いからお願いだから部屋に戻ってほしい。

「じゃあお風呂俺も入ってくるね」

「え？　ちょっと！」

私が止めるのも聞かず、アルフレッドはお風呂に行ってしまった。

「えぇー……」

私はアルフレッドを引き止めようとした腕を下げた。そして大きくため息を吐く。

「アルフレッド、あきらかに私に執着してる……」

なんでだろう。どこでそうなったんだろう。

「アルフレッドの母親を助けたからかな」

ゲームと全く違う展開にしてしまったからなのか。しかしあそこでレニおばさんを助けないという選択肢は私にはなかった。

たとえこの世界がゲームの世界だとしても、すでにここは私の現実だ。大切な人を見殺しになんてできない。

だからその行動に後悔はない。けど……。

「平穏に生きたいだけなんだけどなぁ」

私は聖女になりたいわけでもヒロインになりたいわけでもない。

ただ普通に平凡に暮らしていければそれでいいのだ。

「よぉし！」

私は頬を叩いて気合を入れる。

「アルフレッドにはっきり言うぞ！」

まず距離感がおかしいことと、少し離れてほしいことと、できれば王女様と仲良くしてほしいことと……あとなんだろう。

あれこれ考えていると、アルフレッドがお風呂から出てきた。

「じゃあ今日はもう寝ようか」

アルフレッドがにこりと笑って、二個あるベッドを引っ付けた。

引っ付けた？

「ちょっと何してるのアルフレッド⁉」

私は驚いてアルフレッドに訊ねる。

「何って……近い距離で休みたいし……」

「そんな理由で⁉　早くもとに戻して！」

残念ながら私のひ弱な力ではベッドを移動させるなど無理だ。非力の代表と言えるぐらいの悲しい腕力しかないいんだから。

「いいじゃないか。今日も一緒に寝ようよ」

「絶対嫌！」

私がはっきり拒否するとアルフレッドが悲しそうな顔をする。

うっ、どうして私が悪いみたいな感じに……！

「だ、ダメったらダメ！　ほら、部屋に戻って！」

子犬みたいな表情にほだされそうになるが、そうはいかない。二人部屋だからと言って、アルフレッドがここにいる必要はない。

私はベッドの上にいるアルフレッドを引っ張ろうとするがびくともしない。それもそのはず、私は非力。鍛えているアルフレッドに敵うはずがない。

ついにアルフレッドは座った姿勢からベッドに寝そべる姿勢に変わってしまった。

「あ！　こら！」

本格的にここで寝る気だ。それは困る。何が困るって王女様の対応が！

絶対明日怖いことになる。絶対怖いことになるから！

「アルフレッドォ！」

頑張ってアルフレッドをどかそうとするけれど、やはり私の力では無理だ。

ブランドンさんでも呼んでこようか……。

そう思いついた私の考えを見透かしたようにアルフレッドが私の手を引っ張った。

「わぁ！」

私はそのままアルフレッドの胸の中に飛び込んだ。

「ちょっとアルフレッド！」

アルフレッドの胸をトントン叩くけれど、私を抱きしめる腕を緩める気配がない。

「離して！」

「一緒に寝よう、レイチェル」

「嫌だったら！」

バタバタ暴れるのにアルフレッドはまるで子供をあやすように、私の背中をトントン叩く。こ、子供扱いされてる！

悔しい……悔しいけど……昔からこれをされると……眠く……。

いっぱい話すことはあったのに、私はそのまますやすやと眠りに落ちてしまった。

「まったくレイチェルは……」

アルフレッドが私の髪に触る。

「これからもしっかり見張っていないと……絶対離さないからね……」

4章　あの子の正体

あのまま眠ってしまったし、二人で部屋から出たのを王女様に見つかってしまった。

一瞬すごい目で睨まれたのに、今笑顔なのが怖い。文句あるならはっきり言ってぇ！

そして結局抜け出して村に戻ることは叶わず、私は次の目的地に向かっている。

「確かこれからは各都市に結界を張りながら、魔王城を目指すんだっけ？」

私の問いに、アルフレッドが答える。

「ああ。ブランドンさんがそう言ってたな。結界は聖女が張るんだっけ？」

チラッとアルフレッドが王女様を見た。

そうだよ王女様！　出番ですよ！

ゲームでは結界に関しては聖女である王女様が張っていた。つまり今の王女様にもできるはずだ。

ついに王女様が聖女の本領発揮できる機会！

「私は結界魔法は苦手で……」

だから王女様にお願いします、という意思を伝える。アルフレッドが隣で「は？」みたいな顔をしているけど気にしない。

嘘じゃないし。結界魔法使えるけど、結界魔法を応用した攻撃魔法のほうが得意だし。

「もともと私は聖女の器ではないのです。結界を張るのを王女様がやったとなれば、王様も王女様が聖女だったとお認めになるかと」

私の言葉に王女様はにこりと笑った。そうだよずっと笑ってて！　笑うと可愛いから！

「では結界を張る作業はわたくしがやらせていただきますね」

お願いしますー！

これで一つ私の肩の荷が下りた。どこかで抜け出しても王女様が結界張ってくれるというから問題ないだろう。しかも私は聖女の肩書を返上できる。王女様は本来の聖女になれる。お互い利害が一致しているはず。

もともとゲームでは私はこのパーティーの中にいないのだから、私が途中で抜けても、これからの旅に支障はないはず。

問題はどうやって抜けるかだけど……。

私は私の隣にぴったり張り付いているアルフレッドを見る。にこりと笑っているけど絶対離れないという意思を感じる。

昨日部屋にいたことといい、もしかしてブランドンさんとの会話聞かれてたのかな？　私が逃げ出さないように見張ってる？

「ねえ、アルフレッド」

「何？」

「この間私とブランドンさんが話していたこと聞いてた……？」

アルフレッドは微笑んだ。

「レイチェルがいなくなるなら俺も旅やめるから」

「え⁉」

それは大問題発言だよ⁉　というか、やっぱり盗み聞きしてたんじゃない！

「聞かないでって言ったのに！」

「だってレイチェルと男を二人きりにできないじゃないか」

「男……ってブランドンさん……？」

「他に誰がいるの？」

いや他にいないけど。いないけど……。

「ブランドンさんと私が二人っきりになって何かあるわけないじゃない……」

「わからないだろう」

「ブランドンさんから見たら私なんて子供でしょう」

「わからないだろう」

そんなことないと思うんだけど。

アルフレッドには私が絶世《ぜっせい》の美女に見えているんだろうか。残念ながら確かに負けヒロインなだけあって美人ではあるけれど、とても正ヒロインの王女様には敵わないんだけどな……。

「アルフレッド、旅やめないよね？」

「レイチェルがいないならやめるよ。レイチェルがいるから承諾したんだから」

そんな！　それは困る！

アルフレッドはこのゲームの主人公で、世界を平和にする存在なのだ。そのアルフレッドが旅をやめたらどうなるのだろうか。とりあえず魔物は変わらず世界にあふれ続けるだろう。王様との契約で、大金は手に入れられるけど、また村がいつ襲われるかもわからない状況になってしまう。

それはダメだ。この旅で世界を平和にできるとわかっているのに、さすがにそこまでストーリーを変えてしまうのは心苦しい。

「わかった……私も一緒に旅するから……」

逃げるのはいったんあきらめよう。アルフレッドの関心が私から王女様に移るまで。

だから王女様、お願いしますね！

そう思い視線を向けると王女様は柔らかく微笑んでくれた。通じた？　通じたのかな？

そこで馬車が止まった。

「着いたぞ」

各都市に結界を張ると言っても、結界は町の中にあるのではない。人の手でうっかり壊されることがないように、町から近い自然の中……山や森の中にある。

そして当然魔物も出てくる。

私は回復魔法を魔物にぶつける。やはり初めの村より魔物が強くなっている。魔王城に近付くにつれてきっと強くなっていくんだろう。ゲームでもそうだった。

「はい、勇者様」

王女様がアルフレッドに回復魔法をかけている。

「俺怪我してないけど」

「そうでした？」

王女様が首を傾げる。

「俺じゃなくてレイチェルにしてあげてくれる？」

「まぁ、どこか怪我しまして？」

してます。腕をね、擦ってます。見てわかるでしょう。

修行したけれど、さすがにレベルマックスには達していない。だから通常より強いと言っても普通に私も怪我をする。

さっき魔物からの攻撃で擦り傷ができた。大した怪我ではないが、痛いものは痛い。ので治してもらえるなら治してほしい。

が、王女様は一貫して私を治す気はないようだ。

「いえ、自分で治せます」

私はため息を一つ吐いて自分に回復魔法をかける。私白魔法使えてよかった。この状況で白魔法使えなかったら詰んでた。

いや、そうしたらそもそもこの旅に同行しなくてよかったのか？

そんなことを考えながら魔物を倒して進むと、小さな祠《ほこら》のようなものが見えてきた。あれかな？

「では、王女様、あの祠に向かって白魔法をお願いします」

ブランドンさんの言葉に、王女様が頷き、祠に向かって手を向ける。その手のひらから白い光があふれだす。

そして──。

「……何も起きませんね」

まさかの何も起こらなかった。

いやそんなはずがない。ゲームではこのあと祠から光が放たれて辺りに結界が張られるはずだ。

「王女様……？」

私はおそるおそる聖女様に声をかけた。

王女様はふう、と息を吐く。

「どうやら……魔力切れのようです」

は、はい⁉

何でどうして⁉　べつに王女様は戦っていたわけでもないのに……。

そこまで考えて、あ、と気付いた。

アルフレッドに必要以上に回復魔法かけてたな……。

私にはかけてくれないのにバンバンかけてたな……。

まさかのいらないことをして肝心なときに使えなくなる王女様にさすがに思うところはあるも、こうなっては仕方ない。

私は祠に向かって手をかざした。

私の手のひらから放たれた白魔法が、祠に向かっていく。それはどんどんまばゆい光を放ち、そしてその光はやがて弾けるように広がった。

「わぁ！」

初めての感覚に思わず目を閉じて驚きの声を上げる。

次に目を開くと、祠からぼんやりした光が漏れ、周りから魔物の気配がなくなった。

「成功したのかな？」

よかった。本物の聖女様でなくても、白魔法なら誰でも大丈夫みたいだ。

なんだか本来の聖女である王女様の手柄を横取りしたみたいで嫌だが、王女様ができないのだからさすがに誰も文句は言わないだろう。

いや言いたそう。すごく王女様文句言いたそうにしてる。いや、これに関してはあなたが悪いですよ⁉

「さすがレイチェル！　すごいな！」

アルフレッドが褒めてくれて少し照れる。王女様からの視線が突き刺さるけど気にしないフリをした。私だってあなたに手柄を譲るつもりでしたよ！

「今日はもう日も暮れるから、このまま野宿しよう」

ブランドンさんの提案に頷く。もうすっかり空が紫色になっている。夜になるのももうすぐだ。

結界が張られたから、魔物に襲われる心配もないし、逆に盗賊とかが現れる可能性を考えると、このまま野宿したほうがいいだろう。

ブランドンさんは、手際よく野宿の準備をしていく。テントを張り、寝袋を出し、火を起こす。

そしてエプロンを身に着け、軽快な包丁さばきで料理を作っていく。すごい、マッチョにエプロン似合わない。

あっという間に料理まで出来てしまい、私の手伝うことは何もなかった。

「ブランドンさんってなんか……すごいですね……」

アツアツのシチューとパンを受け取りながら言う。

「すごいとは？」

「なんでもできる感じが……」

どこでも生きていけそうな感じがする。

「騎士団にいたらこれぐらいできるようになる」

「へえ」

騎士団って大変なんだなあ。

貴族も平民もいると聞いていたけど、この感じだと、平民に仕事を押し付けたりせず、きちんと分担してるんだろうな。

「いただきまーす」

私はシチューをスプーンですくって口に入れる。

「おいしい……！」

シチューはすごくコクがあり、おいしかった。今まで食べたことのない味で、なんのシチューかはわからないが、特にシチューの中に入っている肉が柔らかくホロホロしていて口の中で溶けていくようだ。

「このお肉なんですか？」

「さきほどの魔物だが」

？　まもの？

私はシチューの中の肉を見る。

魔物？

……魔物！

「魔物なんですかこの肉！」

「ああ。野営で自給自足は基本だろう」

知らない！　知りませんよそんな基本！

「魔物を倒して血抜きして干し肉にすることもある。長持ちする食べ物が必要だからな」

「そうなんですか……」

大変だな騎士団……。

でもおいしい。魔獣おいしい。

ちょっと驚いたけどおいしいし食べられるのだから問題ない。私はそのまま食べ進めた。

王女様は真っ青な顔をしていた。

「大丈夫ですか？」

思わず声をかけると、彼女はハンカチを口に当てる。

「ちょっと夜風に当たってきます……」

フラフラする足取りで森の中に消えていった。大丈夫だろうか。いや、でももし吐いてるなら見られたくないだろうしな……。

結界のおかげで魔物は出てこないし、この森は普段魔物が出るからと盗賊も寄ってこないから大丈夫だろう。とりあえずそっとしておくことにした。

お城で豪華な食事だけを食べていた王女様のお口には合わなかったんだな……。

「レイチェル？」

「ん？」

おいしいのでお代わりをもらって食べていたら、アルフレッドが真剣な目でこちらを見ていた。

「俺だって料理できる」

「……何を張り合ってるの？」

なぜか妙にブランドンさんに張り合おうとするアルフレッドに呆れた視線を向ける。

「俺も料理もできるしテントも張れるし剣も強い」

「うん……」

知っているけど……。

「だから……」

アルフレッドがなぜかもじもじし始めた。ブランドンさんは「年寄りは先に寝ておく」とテントの中に入ってしまった。

「だから俺と――」

「レイチェルさん、少し話があるのだけど」

アルフレッドの声を遮《さえぎ》ったのは、いつの間にか戻ってきていた王女様だった。

「あとにしてもらえませんか？」

アルフレッドが不機嫌さを隠さずに王女様に言うが、王女様も笑顔で応戦する。

「すぐに終わります。そちらはのんびりお話されたいでしょう？　……大事な話だったようですから」

王女様の言葉に、アルフレッドは少し考え、「わかりました」と答えた。

「ではレイチェルさん、行きましょう」

「え？　あ、はい……」

森の中に入っていく王女様に続いて歩く。

なんだろう。アルフレッドに聞かれたくない話なんだろうか。

思ったより奥まで進んだとき、王女様が足を止めた。

「あなたどういうつもり？」

「え？」

柔らかかった声音がガラリと変わり、きつい女性の声になる。

「シラを通すつもり？　あなた、転生者でしょう？」

「え？　どうして……」

私は誰にも今まで転生者だと教えたことはない。

でももし今までの私の行動をおかしいと思う人間がいるとするなら、それは……。

「もしかして、王女様も転生者ですか？」

「そうよ！」

当たった！

「王女様、私転生者に会ったら確認したいことがあったんですけど！」

「何？」

「このゲーム、勇者よ『とわに』でしたっけ？　『えいえんに』でしたっけ？」

「そこ⁉」

だって気になるんだもん。もやもやするんだもん。

王女様がはあ、とため息を吐く。

「『勇者よ永久《とわ》に』よ」

「中二病っぽいほうだったか……」

おかげですっきりした。

「あなたゲーム名がわからないなんて、しっかりこのゲームやり込んだの？」

「いや……普通にプレイしたぐらいで……」

「はあ⁉　私なんてもう何回やったかわからないのよ⁉」

王女様が謎マウントを取り始めた。

「そして勇者様は私の推し……だからわたくしはヒロインに生まれ変わったとわかった瞬間嬉しかった……」

王女様が恋する乙女の顔をする。

「なのに……」

一瞬で表情を変え、ギロリと私を睨みつけた。

「負けヒロインのあなたが、どうしてわたくしの邪魔をするの⁉」

「邪魔⁉」

まさか邪魔だと思われていただなんて！

「そんな滅相《めっそう》もない！　私はヒロインを王女様にしてあげようと奮闘していましたよ！」

「嘘おっしゃい！　どうみても勇者様あなたが好きじゃない！」

「それは幼馴染だからで……」

「黙りなさい！　勇者様も二回も一緒の部屋で寝ておいてよくそんなこと言えるわね！」

「それはアルフレッドが勝手に！　もちろん何もありませんから！」

「当たり前でしょう⁉　何かあったらあなたなんか消してやるわよ！」

こっわ！

何かあったら消されていたんだ私……怖っ！

「本当にそんなつもりはなくてですね」

「信じられるわけないでしょう⁉」

必死に言い訳するが、王女様は納得いかない様子だ。

「だいたい、あなたパーティーを抜け出すといいながら、全然抜け出さないじゃない！　勇者の剣を手に入れるまでって言っていたじゃない！」

王女様も私とブランドンさんの会話を聞いていたらしい。みんな人の会話を盗み聞きしないでほしい。

だがこれを聞いて納得した。あの会話をしたあと、少し王女様の私に対する当たりが柔らかくなった理由がわかった。

「私だって抜けられるのなら抜け出したいですよ！　でもアルフレッドが逃がしてくれないんです！」

「またそうやって勇者様に愛されてるアピールするわけ⁉　腹の立つ女ね！」

何で⁉　何をどう聞いたらそう思えるの⁉

「勇者様がわたくしを愛するはずだったのに……どうしてわたくしに冷たいの⁉」

本気でわかっていないのか⁉

「あなたが原因ですよ！」

「何ですって⁉」

私はため息を一つ吐いて王女様に向き直った。

「あのですね、この際言わせてもらいますが！　私にどうこう言う前にご自分の対応を見直してください！」

「何ですって⁉　わたくしが悪いと言うの⁉」

「そうですよ！」

さきほど会話をする前までなら「そんなことないですよ～」と王女様に媚びを売っていたが、もうそんなことはしない。

はっきり言うときははっきり言わなければ。特にこの王女様の場合は。

「私にだけ回復魔法をかけない、私に対して睨みつけてくる……私はアルフレッドの友です。あなた友達がないがしろにされているのに、そうしている相手に好感を抱きますか？」

「ぐっ……」

王女様は言葉に詰まった。自覚はあったらしい。

「そうやって自分の好感度を下げておきながら、べたべたしてきても、嫌悪感しか湧きませんよ。しかもアルフレッドに媚びを売ろうとして回復魔法かけまくったら魔力切れで肝心の聖女の役割を果たせないし」

「ぐぅっ……」

これも王女様は悔しそうに唇を噛み締め反論しなかった。少しは反省しているようだ。

「王女様、私は自分がヒロインになりたいわけではないんですよ」

「え？」

「ただ負けヒロインとして悲惨《ひさん》な目に遭いたくなかっただけなので、ヒロインはもちろん王女様だと思っているし、聖女の座も王女様のものだと思っているんです」

「……そうなの？」

王女様はどうやら私がヒロインになり替わろうとしていると思ったようだ。とんでもない。

私はただ悲惨な負けヒロインでなくなればよかっただけ。できればゲームの通りに、アルフレッドと王女様には幸せになってほしい。

だってゲームのアルフレッドは最後幸せそうだった。アルフレッドは大事な幼馴染だからどうか幸せになってほしいと願うのは当然のことだ。

「そうなの……なるほどね……」

王女様はようやく納得したようで、私に対しての敵対心が薄れたようだ。

「わかったわ」

「よかった……」

「なら！」

王女様がビシッとこちらを指差す。

「わたくしと勇者様が両想いになるように、協力しなさい！」

「……え？」

◇◇◇

かくして、アルフレッドと王女様をくっつけよう大作戦は始まった。

「勇者様、わたくし、どうやら勘違いしていたようです」

「私と王女様お友達になったの！」

まずは私と仲良くなったよアピール。王女様が私に冷たくすればするだけアルフレッドの好感度は下がる。だからここでもうそんなことはないし、今までのわだかまりはなくなりましたと伝えておくのだ。

王女様の作戦に乗るのもなんだけど、アルフレッドと王女様が結ばれれば、アルフレッドももう私にかまってこないだろう。そうすればこのパーティーからも抜けやすくなる。

アルフレッドは疑いを持っているのを隠さずに私と王女様を見比べる。

「……謝りましたか？」

「え？」

「レイチェルに今までのこともきちんと謝ったかって言ってるんですよ」

「も、もちろんですわ！　ね、レイチェルさん？」

王女様は焦った様子で私に同意を求めてきた。いや謝られていないけど。

しかしそれぐらいは大目に見よう。

「もちろん今までのことも謝ってもらって、もう仲直りしてるよ！」

アルフレッドは私と王女様を交互に見る。

「そう……レイチェルがいいならいいけど」

ほっと息を吐き出す。これで少しでも好感度回復してくれたらいいのだけど。

「アルフレッド、王女様、町に出たことないんだって。だからよければ王女様と一緒に町を散策してあげてくれない？」

今いるのは結界を無事に張り終えた町だ。馬車で早朝のうちに移動した。なにせ王女様がお風呂に入りたいと言うから……。

無事に入浴を終え、機嫌の直った王女様は、アルフレッドに期待の目を向ける。

「友達になったならレイチェルと一緒に回ったらいいんじゃない？」

ごもっともである。

でもそれではアルフレッドと王女様の仲は深まらない。

「私はちょっと他に用事があって……」

「逃げるの？」

アルフレッドがギロリと私を見る。

「ま、まさか……！　もう逃げないって！　結界を張るときまた王女様が魔力切れだったら困るし、私も旅を一緒にしようかなって！」

どこかで頃合いを見て抜け出そうとは考えているが、王女様の実力で結界を任すのが不安なのは本当だ。なのでしばらく一緒に行動するつもりである。

王女様とアルフレッドの仲を取り持つ必要もあるしね。

「本当？」

「本当本当！　用事があるのも本当！」

アルフレッドと王女様のデートを見守るという大事な用事があるんだから！

「……レイチェルがそこまでいうなら……王女と出かけたらいいんだね？」

「そう！　そうなの！」

よかった一緒に出掛けてくれそう！

王女様もアルフレッドの言葉に嬉しそうに笑みを浮かべる。王女様、ヒロインなだけあって笑顔が可愛いんだよね。性格ちょっと難ありだけど。

「えっと、この喫茶店が有名らしくてね。ぜひ行ってみて！」

私はアルフレッドに地図を渡す。アルフレッドは面倒そうにしながらも王女様を連れて出かけて行った。

もちろんその喫茶店は事前に貸し切りにしており、素敵なカップルのためのメニューを盛りだくさんに出してもらうように指示をしている。

ゲームでもあったデートシナリオに、ちょっと貸し切りだなんだとオプションをつけた。きっとうまくいくだろう。

そう思うが、やや心配なので、喫茶店の外からそっと中を覗く。

いたいた！　貸し切りだからいるのが当たり前だけど。

王女様とアルフレッドはメニューを見ている。そして……そしてアルフレッドは喫茶店を出て行った。一人で。

え？　一人で？

一人残された王女様は呆然《ぼうぜん》としている。そりゃそうだよ、どうして⁉

私は喫茶店から出て歩いているアルフレッドを追いかける。

「アルフレッド！」

私の声にアルフレッドが立ち止まった。

「レイチェル！　もう用事は終わったの？」

さっきまで憂鬱《ゆううつ》そうな顔をしていたのに、私を見つけたら笑顔になった。前世の実家の犬を思い出す。

「うん、終わった……じゃ、なくて、王女様は⁉」

「置いてきた」

アルフレッドがさらりと言う。

「置いてきたって……」

「店員への態度も悪い、食べ物に文句を言う、しまいにはレイチェルの悪口も言う。相手にしているのもバカバカしいし、喫茶店には一緒に行ったからもういいだろう？」

王女様！　馬鹿なの⁉

好感度を上げるどころか好感度を下げた王女様。

あとあれだけ言ったのに私の悪口言ったの⁉　どういう思考回路してるの⁉

私があまりのことに唖然《あぜん》としている間に、アルフレッドが私の手を握る。

「……何？」

「せっかくだから俺たちで町回ろうよ」

「え？」

「レイチェルだって今まで村しか知らないんだから回ってみたいでしょう？」

「そ、そりゃあ、もちろん……」

回ってみたいけど、いいのかな。王女様。

「ほら！」

「わっ」

私が悩んでいると、アルフレッドが私の手を引いて走り出した。

「ちょっと、アルフレッド！」

「急がないと夜になっちゃうよ」

アルフレッドに手を引かれて町を走る。途中でアルフレッドは立ち止まった。

「はい、レイチェル」

それはおいしそうな……わたあめだった。

「わたあめ」

「あれ？　レイチェル知ってるの？　ここの特産品なんだって」

「え、あ、本で読んだの！」

危ない危ない！　前世では当たり前だったけどここでは珍しいものだった。

それにしてもこのゲーム作った人、日本のもの出すの好きだな。

でも並んだ屋台を見ていると懐かしい気持ちになってわくわくしてきた。この世界ではめったに食べることができないものだ。

「アルフレッド！　次これ食べよう！」

「何それ？」

「たこやき！」

まさかこの世界でたこやきが食べられるとは！

私は懐かしい味に舌鼓を打つ。アルフレッドも気に入ったようだ。

「ふふふ」

「どうしたの、レイチェル」

「アルフレッド、歯に青のりついてる」

「え⁉　どこ⁉」

私は久々に楽しい気分を満喫《まんきつ》した。

そう、満喫してしまった。

王女様のことをすっかり忘れて。

「どういうことですの？」

王女様が仁王《におう》立ちしている。

宿の裏に呼び出され、私は王女様に責め立てられていた。

王女様はヒロインの愛らしさなどかなぐり捨てて私を睨みつけてくる。

「本当ならわたくしが勇者様とイチャイチャするはずだったのに……あなたが楽しくデートするなんて……」

「いえ、デートではなくちょっと一緒に遊んだだけでして」

「黙りなさいよ！」

ピシャリと言われ、私は黙った。

いやでも、協力したのに、すべて無にしたのは王女様じゃない？

そう思うが、今それを言うのは野暮《やぼ》なので口を噤んだ。

「そもそも……なんであなたはここにいるの⁉」

「なんでって言われても……」

聖女にさせられてしまったからだけど。

「本当なら怪我をして村で寂しく不便に暮らしているはずでしょう⁉」

怪我をするのは事実だが、寂しく不便に暮らしているという描写はなかったので余計である。あるいはそうであればよかったのにという王女様の願望か。

「転生したんだから、そんな未来防ぎたいと思うでしょう？」

「なんでよ！　シナリオ通りにしなさいよ！　おかげで全部ストーリーが狂ってるじゃない！」

そんな無茶苦茶な。

「私だってここまでストーリーが変わるとは思っていなかったし、変える気はなかったんですよ！」

「そんな言葉信じられると思うの？」

「本当ですって！　だから白魔法使えるってわかっても、聖女として報告しないでほしいってお願いもしたし……」

「ああ……」

王女様が思い出した、という風に口を開く。

「白魔法を使える少女が現れたというあの報告ね……ええ、確かにあったわ。私よりだいぶ前に覚醒した白魔法使いが出たと、神殿の者が興奮していたわね」

王女様はそのときを思い出しているように視線を木々に向ける。

「白魔法使いはわたくし一人のはずなのに……もしもう一人いることが判明したら、父がその者を聖女として持ち上げるに違いない……だからわたくしはその情報をもみ消すことにしたのよ」

「え？」

もみ消した？

じゃあ王様が私のことを知らなかったのは、王女様が報告をいかないように手を回したということ？

「なんでそんな……」

「もちろんわたくしが聖女になるためじゃない」

王女様は視線を私に合わせて笑う。

「この世界はわたくしと勇者様が結ばれるための世界なの。なのにあなたが邪魔をする……」

「邪魔だなんて……」

「邪魔じゃなければなんだと言うの？　本当は勇者様はわたくしに一目惚れして、わたくしと勇者様は両思い……そしてあなたはそれを涙ながらに祝福する負けヒロイン……そのはずでしょう⁉」

王女様が私に近付き、その胸倉を摑んだ。

「なのにどうして勇者様はわたくしではなく、あなたばかり見るの⁉」

それは私にもわからない。どうしてアルフレッドがここまで私に執着しているのか。

「あなた……勇者様の母親を助けたそうね？」

レニおばさんのことまで知っているの？

「余計なことをして……そのせいでわたくしと勇者様のイベントも減っちゃったじゃない」

イベントが減った……？

私は王女様に、信じられないものを見る目を向ける。

だって、今、彼女はこう言ったのだ。

「アルフレッドの母親を見殺しにするべきだった」と……。

「それは本気で言っているの……？」

怒りで声が震える。

優しいレニおばさん。料理がおいしいレニおばさん。子供思いのレニおばさん。同じ村で共に生きた身近な人間を、助ける方法がわかっているのに、黙って死なせろと言うのか。

生かす方法があるというのに、見て見ぬふりをしろというのか。

「だってただのエキストラじゃない」

エキストラ……？

レニおばさんがただのエキストラ？

「だってそうでしょう？　ゲームで名前があるのはメインキャラだけ。町にいる人はみんなただのモブよ。国王であるお父様も、ただのエキストラにすぎないわ」

この人は正気か？

あんなに自分に愛情を向けてくれていた国王を……父親を、ただのエキストラですって……？

この王女様は本当に――この世界の人々のことを馬鹿にしている。

私は王女様に摑まれている胸倉を、力任せに振り解《ほど》いた。ひ弱な私が振り解けるなど、怒りの力はすさまじい。

　王女様は私に弾かれた手を擦って睨みつけている。

「痛いじゃない！」

「エキストラじゃない！」

　私はこちらを批判してくる王女様に向かって大きな声で告げる。

「この世界にいる人々は、エキストラなんかじゃない！　ちゃんと血が通っていて、感情があって、懸命に今を生きている人間よ！　ここはゲームの世界だけど、現実なの！　みんな生きてるの！　あなただけの世界じゃない！」

　ゲームでは勇者と聖女のための世界だった。だけどここは違う。生きた人間がちゃんといて生活をしている世界だ。

　みんなエキストラなんかじゃない。

　ここは一人一人のための世界だ。

「何言ってるの？　ここはゲームなのよ？」

「あなたこそ現実とそうじゃないかの区別もつかないの？」

「は？」

「ゲームと違って人々は会話をするでしょう。決められたことしかしゃべらなかったゲームと違う。それなのにいつまでゲームのシナリオにしがみ付いているの」

カッと王女様が怒りで顔を赤くする。

「なんですって⁉」

「私は応援するつもりだった」

王女様に淡々と話す。

「私はシナリオに縛られているつもりはないけれど、あなたとアルフレッドを応援するつもりだった。それが本来の形だし、私は平穏な暮らしさえできればそれでよかったから……」

私の言葉に、王女様はにやりと笑った。

「そうよ、今度こそきちんと協力しなさいよ。わたくしと勇者様が結ばれるのが正しいんだから」

「でもやめる」

「何？」

王女様にもう一度はっきり告げる。

「あなたを応援するのをやめる」

王女様の表情が変わる。

「なんですって？」

こちらを睨みつける王女様。姿は愛らしくても、表情から内面の醜さが隠しきれていない。

「あなたのような考えの人に、大事な幼馴染は渡せない」

アルフレッドは幼い頃からともに過ごした大事な人間だ。大事な大事な幼馴染。もちろん幸せになることを願っている。

王女様がゲームのような清らかな聖女様ならよかった。だけど現実はこのざまだ。この性悪《しょうわる》王女様に、アルフレッドはもったいない。

私の言葉をどう受け取ったのか、王女様が美しい顔を歪めた。

「やっぱりそうなのね！　あなたも勇者様がほしくなったんでしょう！　なんて図々《ずうずう》しい女！　負けヒロインのくせに！」

そんな話はしていない。

こちらの本意をまったく汲み取らない姿勢に、やはりアルフレッドと彼女を応援できないと改めて思う。

もしアルフレッドがその彼女の中身まで愛するのならそれはいい。だけどそうじゃないならアルフレッドと彼女がくっつくのを今後は邪魔をさせてもらう。

「もういいわ……」

王女様はどこかあきらめた表情でこちらを見る。

「どうせこうなると思った……いいわ、あなたなんか……」

王女様はこちらに手を掲げる。

「死ねばいいのよ」

王女様の手から何かが放たれる。魔法だということはわかるが、白魔法は人間を攻撃できないはずだ。

なのに死ねばいいって……どういうこと？

困惑していると、身体が浮遊感《ふゆうかん》に襲われる。

「な、何⁉」

こんな魔法知らない！

王女様は困惑する私をクスクス笑う。

「やっぱり知らないのね？　白魔法の裏技……テレポートよ。あらゆるものを違う場所に送れるの。人でさえもね」

「テレポート⁉」

そんなの知らない。白魔法に裏技なんてあったの⁉

「一日に一度しか使えないという制限付きで不便なんだけどね……」

「私をどこに送るつもり⁉」

王女様はにやりと笑う。

「それは行ってからのお楽しみよ」

足元が抜けるような感覚がした。

あ、落ちる。

その瞬間、「レイチェル！」と叫ぶアルフレッドの声が聞こえた気がした。

5章　魔王城へ

「うわぁ！」

ドスン、と思い切り尻もちをついて着地する。

「いたたたた……どこ？　ここ」

打ったお尻を摩《さす》りながらキョロキョロと周りを見回す。

「建物の中みたいね……」

しかもとても大きな建物だ。

黒っぽい大理石で建物全体が作られているようで、高級感がある。大きな扉。要所要所にある彫刻品。豪華なシャンデリア。

「ホテルのロビーみたいな……いや、それ以上……」

どう考えても平民の家ではない。むしろお城のような……。

待って、王女様は私に死ねばいいと言っていたわね。ということは、ここは危険だということだ。

何があるんだろう。死の危険があるということは、館の主が殺人鬼とか……？

とにかく早く出口を探さないと！

私が慌ててその場をあとにしようとしたとき、私の後ろから重厚な扉が開く音がした。

そんな……嘘でしょう……？

明らかに後ろに人が立っている気配がする。

私はゴクリと唾を飲み込んで、思い切って振り返った。

そこにいたのは綺麗な男の人だった。

長い銀髪に、ルビーのようにきらめいて美しい赤い瞳。やや青白い肌だが、不健康さは感じない。すっと伸びた鼻筋に、綺麗な顎のライン。

美しい、そう形容するしかない男がそこにいた。

しかし、その男には普通と違うところが一つあった。

角がある。

「角……」

この世界で、大きな黒い角を持つ人物はただ一人。

「魔王――⁉」

私はどうやら魔王城に飛ばされたらしい。

「魔王様に無礼だぞ！」

「きゃあ！」

どうやら魔王は一人ではなかったらしい。魔王の存在感が大きすぎて気付かなかったが、そのさらに後ろに、魔王の部下的な人がいたようで、私はその人物に拘束された。

後ろ手に拘束されて痛い。

「何だこの女は」

「どこから入って来たんだ？」

「どう見ても人間だよな？」

「まだ子供か？」

魔王様の後ろからぞろぞろと他の魔族の人も出てきた。もしかして今会議か何かしていたんだろうか。すごくバッドタイミングで来てしまった感じが半端ない。

まさか王女様、そこまで見越してここに私を飛ばしたわけじゃないよね？

身体はすでに拘束されたし、周りは魔族だらけだし、万事休《ばんじきゅう》す。

どうしようこれ。白魔法ぶつけて逃げる？　でもこんな人数相手にして戦える？

そもそも魔族に白魔法使ったことがないからちゃんとダメージを与えられるかわからない。どうしよう？　どうする⁉

私が内心パニックに陥っている間、魔王はのんびりと私を観察していた。

「どうします？　魔王様」

私を拘束している魔族が、魔王に聞く。

魔王は少し逡巡《しゅんじゅん》すると、口を開いた。

「拘束を解いてやれ」

「え？」

魔王の意外すぎる言葉に、私はもちろん、私を拘束している部下も戸惑っている。

「解いていいんですか？」

「ああ。可哀想だろう」

魔王が憐憫《れんびん》を含んだ目でこちらを見る。そんなに私は今、哀れな姿だろうか。

「ですが明らかに怪しいですが……」

「俺を殺す気ならすでに攻撃しているだろう。出会い頭《がしら》が一番攻撃に適している。

今はただ戸惑っているように見える。とりあえず離してやれ」

「は、はい……」

魔王の言葉に部下が渋々私の拘束を外す。

私が押さえつけられていた腕を摩っていると、魔王が顎で私に指示を出す。

「ついて来い、娘」

スタスタ歩く魔王に面食らいながら、私はおずおずそのあとについていった。

◇◇◇

「娘」

「は、はい」

私は今、俗に言う玉座の前にいる。目の前にいるのはもちろん美麗な魔王様だ。

「どうやってここに入って来た？」

どうやってって……。

「えっと……聖女様に魔法で飛ばされて……」

「聖女」

実際聖女の名を授かったのは私だが、ここで自分が聖女ですなどと言ったらどうなるかわからない。

聖女に魔族側が敵対心を持っている可能性を考えて、聖女と仲間でないアピールを含めて真実を述べた。嘘ではない。王女様はゲームでは聖女だったから。

魔王は私の言葉を聞いて、少し考えた。

「人間の世界に触れないでしばらく経つから認識が合っているかわからないが、聖女とは白魔法の使い手のことか？」

「は、はいそうです！」

魔族と人間は交流を持っていない。そもそも魔族は人間の敵というのがゲームの中での認識だったし、現実でもそう言われて育ってきた。

育ってきたけど、聞いていた印象と違う。魔族は凶暴で残虐で、魔物を生み出し従え、人間を滅ぼそうとしていると聞いたが、今目の前にいる魔族の王も、他の魔族も、とても理性的で、凶暴には見えず、人間と変わらない気がする。

人間と違って角はあるけど。

今だって、こうやって私と会話をしている。本当に残虐《ざんぎゃく》ならたぶん私は出会ったときに一瞬で殺されている。

「白魔法か……確か回復とかができるのだったな……しかし、転移魔法などというのは聞いたこともないが」

「私も初めて見ました」

白魔法を極めている自信があったからびっくり。まさかあんな魔法があっただなんて。

というか、そんな魔法を使えるようになる前に、きちんと白魔法を鍛えてほしかった。結界も張れないなんて聖女として失格じゃないか。

せっかく聖女の称号を譲ってあげようとしたのに、中身があんなだなんて反則だ。

しかも私を殺そうとこんなところに送り込むだなんて！

あ、怒りが沸々と湧いてきた。

「娘」

私が怒りに支配されそうになったとき、魔王がまた私に声をかけた。

いけないいけない！　私は今生きるか死ぬかの狭間《はざま》にいるんだからしっかりしないと！

目の前にいるのは魔王。ゲームのラスボスだ。

魔物を生み出す諸悪の根源として存在し、そんな魔王を討ち取るのがゲームのメインストーリーだった。

ちらっと魔王を見ると目が合った。

その目は鋭く、感情が読めない。

これは殺されるの私？　魔王からしたら人間は敵だもんね……殺されるよね？

魔王には私の今のレベルでは絶対に勝てない。当たり前だ。物語の最後のボス、しかも勇者がレベルをマックス近くまで上げていてようやく勝てる相手だ。

何とか隙を見て逃げないと……。

そう思っていると、魔王が玉座から立ち上がり、ゆっくりこちらに歩み寄ってくる。

ひっ、何⁉　直接始末するとかそういうやつ⁉　もしかして今すぐにやられる⁉

ついに魔王が目の前に立ったとき、私は覚悟を決めて目を瞑った。

が、きたのは頭にポンッと乗せられた硬い手の感触だった。

「え……？」

「小さいな」

私を見下ろしながら言う魔王は、今まで見た中で一番の長身だ。

「歳は十三ぐらいか？　こんな幼いのに親元から離されるとは、哀れだな」

魔王が私の頭をぐしゃぐしゃ撫でる。

も、もしかして子供と勘違いされてる……？

私の身長は日本ではそんなに低くないが、確かにこの世界ではやや低い部類に入る百六十三センチだ。

よく見ると、周りのいる魔王の家来たちも長身だ。

彼らから見たら確かに私は子供に見えるかもしれない。

「こんな子供を魔王城に送ってくるとは……今回の聖女は何を考えているのか……」

私にも王女様が何を考えているのかわからないけど、たぶん私に死んでほしかったのだと思います……。

本来は聖女だったはずなのに、考えが全然清《きよ》くないなあの人。

「この子供にご飯と寝床をやってくれ。あと風呂も」

「かしこまりました」

家来の一人が返事をすると、魔王はその場を去って行った。

え？　もしかしてお咎《とが》めなし……？

その場で殺されることを想像していた私は気が抜けて膝から崩れ落ちた。

「まぁ、大丈夫？」

　さっき返事をした、おそらく私を任された魔族の女性が声をかけてくれる。茶髪で愛らしい女性だ。他の魔族の人より少し小柄で、もしかしたら私が怖がらないようにに体型が小さい人を選んでくれたのかもしれない。

　この人も角が生えているが、羊の角のような形で、色も白くて大きさも魔王ほどではない。もしかして角の大きさが強い基準なのかな。

　スッと女性が手を差し出してくれたので、その手を取る。

「あ、ありがとうございます」

「私はニコです。あなたのお世話を担当させてもらうことになりました。好きに呼んでくださいね。……まだ小さいし、敬語じゃないほうがいいかしら？」

　ニコさんに訊ねられて私は頷いた。

「できれば敬語じゃないほうがありがたいです」

「わかったわ。お腹は空いてる？　先にご飯にしましょうか？」

　完全に子供扱いされている。しかしこの状況で「実は十七歳です」と暴露するほどアホではない。

　ご飯はブランドンさんのシチューを食べていてお腹がいっぱいだったので、お風呂をお願いした。

「ふおおおお！」

すごい魔王城のお風呂！

前世で入った銭湯より広い洗い場に、これまたとんでもなく広い湯舟。

「あ、憧れのお風呂だぁ！」

漫画とかでしか見たことがないバカでかいお風呂。一度入ってみたいと思っていた。きっとお風呂大好き日本人なら一度は憧れると思うんだ。

「ここを独り占め……うふふ！」

私は洗い場にある石鹸で身体を洗う。これも何だか高級感がすごい。魔王様ってもしかしてお金持ち？

「ふぅー……」

広い湯舟に一人浸かりながら、深く息を吐く。

「何とか脱出しないと……」

今は子供だと勘違いされているからいいが、もし本当のことがわかれば殺される恐れがある。

どうやって抜け出そう……。

私が考え事をしていると、湯気の中から人影が見えた。

「え？」

待ってここ私が今使っていいんじゃなかったの⁉

あ、でもこれだけ広いからお城で働いている人がみんな使ってるとかかな？

私は湯舟のそばに置いていたタオルでそっと身体を隠し、人影から離れようとした。

なぜならさすがに裸を見られたら年齢がバレてしまうかもしれないから。

あともしかしたら混浴かもしれないから！

人間のお風呂は混浴はほぼなかったけど、魔族の文化はわからない。混浴がスタンダードなのかもしれないし。普通に裸を見られたくない！

そーっとそーっと湯舟の端のほうに移動していったけど、そのとき小さくパシャリと水音を立ててしまった。

「誰だ⁉」

湯気の中の人影がこちらにくる。

ひいいい！　どうしよう⁉　どうする⁉　いやどうしようもない！

広い湯舟と洗い場では隠れられる物陰などなく、私はその場でどうすることもできずに固まった。

ザバザバという水音がこちらに近付いてくる。

そして湯気の中から現れたのは――。

「ま、魔王様⁉」

「なんだ、お前か」

魔王様は私を見ると安心したようにその場に腰を下ろした。

え？　そこに座るの？　なんで⁉

「娘、立ったままでは冷えるだろう。座れ」

「は、はぁ……」

魔王様に促され湯舟の中に入る。

……いや、なんで素直に湯舟に戻ってるの私！　ここはキャーっと悲鳴を上げて出ていくところじゃなかった⁉

「あ、あの……魔王城では混浴が普通なのですか……？」

一応聞いておこう。異文化の知識は少しでも得ておいたほうがいい。

「いや、男女分かれているのが普通だが」

「え……じゃあなぜ私は今魔王様と一緒に入っているのですか？」

私、女なんだけど。まさかさすがに男に間違われてはいないよね……？

「お前の部屋は俺の部屋の隣だ。そしてこの部屋のそばにある風呂はここしかないから、ここに案内されたのだろう。俺も風呂はここを使うようにと指示を出したからな」

なる、ほど……？

「もしかして魔王様専用のお風呂ですか？」

「ああ。だがべつに気兼《が》ねしなくていい。無駄に広いからな」

確かに無駄に広いけど、専用のお風呂と聞くと気兼ねする。

「さきにご飯を食べているだろうと思ってお前に気付かず風呂に入ってしまったが、普段はなるべく被らないようにしよう」

「た、助かります……」

このニュアンスだと、少なくともしばらく面倒を見てくれるようだ。まだまだ生きられそうでほっとする。

と同時に気が抜けたせいか、隣にいる魔王様を妙に意識してしまう。

長い銀髪はお湯で濡れ、赤い瞳も身体が温まっているせいか潤んでいる。ほどよく筋肉がついた身体が湯舟に浸かり……。

水も滴るいい男が目の前にいる！

目の保養だけど目に毒！　視線をどこにやればいいの！

「どうした娘、様子が変だな」

私の様子に気付いた魔王様が私に顔を近付ける。

ほわ！　顔が！　美麗な顔がすごい距離にー!!

「熱でもあるのか？　子供はすぐ風邪を引くからな」

いえ、これは熱で顔を赤くしているのではありません……。

魔王様の美しい指が私に額に触れた瞬間、私の視界はブラックアウトした。

◇◇◇

目覚めた瞬間私は自分の鼻を確認した。

よかった鼻血は出してない！　セーフ！

男の裸見て興奮して鼻血出して倒れていたら本気で女として終わったと思った。

よかった、ちょっと興奮してのぼせただけだ。

「あら、目覚めた？」

私のお世話係の羊角の女性が寝ている私の顔を覗き込んだ。ニコさんだ。

「お風呂でのぼせちゃったみたいね。はい、お水」

「あ、ありがとうございます」

私は水を受け取って一気に飲み干した。思ったより水分が身体から抜けていたみたいだ。

「目が覚めたのか」

なんと魔王様もベッドで眠る私の真横に座っていた。

「な、なぜここに⁉」

「なぜも何も、俺がここまで運んだからだが？」

ここまで運んだ……？

裸の状態の、私を……？

「え、え、え？」

私は慌てて今の自分の身体を確認した。服を着ている。寝心地よさそうな、身に覚えのない服を。

「服、着てる……」

「服はそこにいる侍女が着せたから安心しろ。それにしても娘、軽すぎだ。子供はもっと飯を食って大きくなれ」

魔王様が着せたわけではないらしい。よかった、さすがにそれは恥ずかしくて死んでしまうところだった。

でも魔王様、おそらく私の裸を見たわけで……。

なのにいまだに子供扱いということは、おそらく裸を見ても子供だと思われたということ。

私はそっと自分の胸に手をやった。

いや、あるよ？　さすがにあるよ？　どういうこと？　きちんとあるよ！

と思ったけど、侍女さんだったらしいニコさんを見て私は認識を改めた。

ニコさん、ある。ボインだ。

もしかして、もしかしてだけど……魔族ってあれが標準装備なのだろうか。

確かにあれに比べたら私なんて子供の乳だ。

私は悲しくなって胸を撫でた。

大丈夫、あなたもきっとそのうち大きくなるから！

自分で自分の胸を慰めた。

「ところで娘、お前、名前はないのか」

魔王様に問われて、ハッとする。私、名乗ってもいなかった！

「し、失礼しました！　私はレイチェルと言います」

「レイチェルか。俺はヴィンフリートだ」

「ヴィンフリートさん……いえ、ヴィンフリート様？」

「子供が呼び方など気にするな。様などつけなくていい」

魔王様改めヴィンフリートさんは私の頭をクシャクシャ撫でると「じゃあな」と部屋を去って行った。

「何かいる？」

「あ、水差し置いていってもらっていいですか？　今日はもう遅いでしょうから、ニコさんも休んでください」

「ありがとう。じゃあそうさせてもらうけど、何かあったらこのベルを鳴らしてね」

これ、とニコさんがベルを私に差し出す。

「魔法がかかっているから、私に確実に音が届くわ。時間とか気にしないでいいから、何かあったら呼んでね」

ニコ、とニコさんは名前に似合う可愛い笑顔でそう告げると、部屋から出て行った。

私はふう、とため息を吐く。

「一日で状況が激変してしまった……」

倒すべき魔王城に住まわせてもらうことになったし、もう何がなんだかわからない。

「でも……魔王様普通にいい人よね？」

私に対する態度も優しいし、部下にも傍若無人《ぼうじゃくぶじん》に振る舞っていない。

いや、私に対してはもしかしてすごい子供好きという可能性も否定できないけれど。

「もしかして、私の認識いろいろ間違ってる？」

◇◇◇

朝。

「ふおおおお！」

豪華な食事が目の前に並んでいた。

フルーツサラダに、焼き立てのパン。ステーキ、グラタン、ハンバーグなど選び放題なメインのおかずに、コーンポタージュスープ。そしてなんとデザートにパフェがある！

「いちごパフェだぁ！」

めったに見ない食事に私はよだれを垂らす。のは行儀が悪いので直前ですすった。

「好きなだけ食べるといい。子供はいっぱい食べるべきだ」

魔王様が全力で私を甘やかしてくる。優しい。全然ゲームと違う。

食べ物も人間が食べるものと同じだ。魔族は人を食べているとか言われていたけど全然そんなことはない。魔王様おいしそうにサラダ食べているもの。むしろ野菜が好きなのかも。

私は遠慮なくフルーツサラダを食べる。みずみずしい野菜と、それに合わさった苺やグレープフルーツの甘い酸味がマッチしている。おいしい！　サラダにこんなにおいしいと思ったこと初めてかも！

私はメインからハンバーグを選び、ナイフで割る。じゅわぁ、と肉汁があふれ出し、牛肉とデミグラスソースの匂いが鼻腔《びこう》をくすぐる。アツアツのそれを、少し息を吹きかけて冷ましてから口に運ぶと、噛んだ瞬間から旨さがあふれ出し、私は思わず頰を押さえた。

おいしい！　どうなってるの魔王城の食事！　最高！

美味しい食事を一口食べるたびに感動している私を見て、ヴィンフリートさんが小さく笑う。

「楽しそうに食べるな」

「だってすごくおいしくて……！　ほっぺたが落ちそうです！」

私の様子に、ニコさんも微笑んでくれる。

「シェフが喜びます。魔王様はいつも反応が薄いから」

「うまいとは伝えているだろう」

「こういった全身でおいしいを表してほしいものなのですよ、作り手は」

「……善処しよう」

やはり魔王なのにヴィンフリートさんは部下にも優しい。人間の国の王様たちより優しいかもしれない。

私はいちごパフェを口に頰張りながら、おそるおそる提案した。

「あ、あの、魔族の方の町を見ることってできますか？」

「町？」

ヴィンフリートさんがふむ、と考えた。

「いいだろう。べつに見て困るものはないしな。ニコ、付き添ってやってくれ」

「かしこまりました」

「え⁉　いいんですか⁉」

あっさりと許可があり、私は驚きの声をあげる。

「どうした、そんなに驚いて」

「だって、私人間ですよ⁉」

私は自分を指差した。

「その、もしかしたら人間側からのスパイかも、とか思わないのですか？」

やけに好待遇だが、もし私が人間側のスパイだったらどうするのか。

人間と魔族はお互い敵対している存在だ。だから人間である私が魔族の弱点になり得ることを探って人間側に伝えたりする可能性だってあるのだ。いや、私べつにスパイじゃないけど！

「重要なものには魔法をかけて開けられないように厳重に保管している。人間と魔法の方法が違うから開けられないはずだ。だからお前がスパイでも怖くない」

え？　魔族って人間と魔法の使い方違うの？

それも初耳である。知らない事実がポンポン出てくる。

目を白黒している私に、ニコさんが説明を足してくれる。

「人間は本人の素養《そよう》だけで魔法を使うようだけど、我々魔族はそれだけでなく、学問として魔法を習い、魔術というものを使うの」

「魔術……？」

「わかりやすく言うと……」

ニコさんは紙に何かを書く。

そしてその紙から……火が出た。

「わぁ！」

私は驚きながらもその火をじっと見る。

紙に書かれた魔法陣のようなものから、小さな火が出続けている。

「こうして魔法の遠隔操作なども可能なの」

「ほわー……便利ぃ！」

これがあれば自動でお湯を沸かせたりできたりするんじゃないだろうか。はっ！

だから魔王様のお風呂はあんなに広いのか⁉　魔法陣で沸かすことができるから⁉

「人間の国より発達してる気がする……」

気がするというより確実にそうだろう。前世の世界では科学の力で自動でお湯を沸かせたけれど、この世界の人間の技術ではまだそれはできない。なので魔法を使って手動でお湯を沸かしている。

魔族って、前世でいうところの先進国になるんじゃないの？

何だかこれはそもそもすべての認識を人間側が間違えている気がする。

私は意を決して訊ねた。

「あの……魔族はどうして魔物を使って人間を攻撃しているのでしょうか？」

このゲームの核心に迫る部分だ。

ゲームでは魔族が魔物を使って人間の国を侵略しようとしているとされて魔王を討伐していたけれど、どうして魔族が人間の国を侵略しようとしたのかは出てこなかった。

もしかしたら重要な理由があるのかもしれない。

ニコとヴィンフリートさんは顔を見合わせてきょとんとする。口を開いたのはヴィンフリートさんだ。

「なんだそれは」

え。

「えっと、え？　魔族の方が人間を侵略しようとしているんじゃ……」

「なぜそんなことをしなければいけない。べつにそんなことしなくてもこの国は充分やっていけている。わざわざそんな面倒なことをする必要はない」

待って、え？　どういうこと？

「じゃあ魔物は？」

「それこそどういうことだ？　魔物は自然発生するもので、こちらでも対応に追われている」

え……。

「じゃあ、魔物って魔族が生み出して使役《しえき》しているんじゃ」

「ないな。こちらの言うことなんかもちろん聞かないし、討伐対象だ」

「討伐対象……」

ということは魔族のことも襲ってくるのだ。使役なんてしていなかった。

ならば魔族は人間と同じ、魔物に頭を悩ませる種族である。

あれ？　じゃあ、あれ？

「えーーーー!?」

じゃあそもそもの根本《こんぽん》が間違っていたということ!?

言われてみればゲームは人間側から見たストーリーで展開されていた。魔族側の事情が一切出てこない。魔王城に乗り込んだときも、魔王は「何をしに来た人間」と言うだけだった。

あれ本当に「何をしに来た？」と思っていたのかな⁉　魔族側何もしてないのにいきなり攻撃されたら何で？　ってなるよね⁉

「なんだかすみませんー！」

まだ人間は魔族に攻撃していないはずだけど、一応人間を代表して謝っておく。

「いや、どうして人間側がそう思ったのか、大体の予想はつく」

「え？」

どういうこと？

私の疑問に細かく答えてくれたのはニコさんだ。

「人間と魔族は長い間国交断絶しているでしょう？」

「あ、はい」

「でももともとは魔族も人間の国の一つだったの」

もともと、人間の国だった……？

「正確に言うなら、人間の国だったが、他の人間と見た目や魔力、文化が違って迫害されたから、遠く離れたこの土地に逃げて来たんだ」

　ヴィンフリートさんがニコさんの言葉を補足した。

「魔王様……子供なんですから、もっと穏便な説明を」

「一番的確だろう」

「……」

　ニコさんがヴィンフリートさんに呆れた視線を送るが、すぐにこちらに向き直った。

「まあ、早い話がそういうことなの。私たちもあなたと変わらない人間で、種族が魔族ってだけなのよ」

「魔族が人間……」

「だから魔物を生み出すような特殊な能力はないわ。魔物はそもそも私たちが人間の国から独立する前から存在すると伝え聞いているし」

「……」

　いろいろ衝撃的すぎて理解が追い付かない。私が頭を抱えていると、そっとニコさんが肩に両手を置いた。

「ちょっとびっくりさせちゃったかしらね？」

「ええ、まあ、だいぶ……」

もう物語の大前提の部分が違いすぎて……。

それなら魔族は悪ではないことになる。長い歴史の中で、人間側が都合のいいように魔族側を扱うことにしたのだろう。敵を作れば、そちらにヘイトを向けられるので、国に対する不満なども抑えることもできる。

なんてこと。自分勝手すぎる。

「そう怒るな。大昔の話だ。今の人間の王も知らないことだろう。昔はともかく、今の人間は勝手にそうした認識を植え付けられているだけで罪はない」

私が人間の国に憤っていると、それを察したヴィンフリートさんがそっと諭《さと》す。

なんてできた人だろうか。

「でも、それじゃ、今の魔物はヴィンフリートさんを倒しても消えないってこと……？」

ゲームでは魔王を倒してハッピーエンドだ。その後は描かれていなかった。

もしかしたらそのまま魔物は存在し続けるのかもしれない。

そういえばこのゲーム続編があったような……もしかしたらその辺で魔族の内情が出てきたりしているのかも。

続編をプレイしていないことが悔やまれる。

「魔物を消す方法ならあるぞ」

さらっと言われて私は目を瞬いた。

「え？」

「魔物を消す方法ならあるぞ」

言葉を飲み込めない私に、ヴィンフリートさんはもう一度繰り返した。

魔物を消す方法がある？　魔物を消す？

魔物を消す⁉

「え、そんな方法があるんですか⁉」

魔物を消す方法があるのならどうしてそれをすぐにしないのだろう。

さっき聞いた話では、魔物に悩んでいるのは魔族も同じはずだ。

「ああ、ある。方法だけは」

ヴィンフリートさんは一つ息を吐いた。

「勇者の剣だ」

「え？」

想定していなかったことを言われて、驚く。

「勇者の剣は魔物を倒すために、大昔に人間が作ったものだ。昔の勇者はそれを魔物の発生源に突き立て、魔物が生まれないようにすることができたらしい。俺も歴史書で知っているだけだが、実際魔物の発生源も勇者の剣も存在しているから、ほぼ真実だろうと思っている」

勇者の剣が魔物を生み出さないためのアイテム？

あ、そういえば、ゲームの最後に「これで最後だ」とか言って地面に剣を突き刺していたな。

あれか？　あれがそうだったのか⁉

このゲーム説明端折《はしょ》りすぎでしょう⁉　わからないよ、あれじゃ！

「その魔物の発生源ってどこかわかるんですか？」

「ああ。場所ははっきりわかっている」

それなら勇者の剣さえあれば魔物を消せる。

でも肝心の勇者の剣はアルフレッドと一緒だ。

はぐれたのがゲームの初期のほうの段階だから、きっとここに来るまでまだ時間がかかるだろう。

「この国は魔物の発生源から近いから、毎回魔物の被害も多くて……」

ふう、とニコさんがため息を吐く。

「あら、こんな話つまらないわよね。そろそろ町に行く準備しましょうか？」

「あ、はい！」

衝撃的なことをポンポン言われて忘れていたが、魔族の町を見に行くんだった。

「服とか着替えましょう。うふふ、魔王様がいろいろ準備したのよ」

ニコさんはヴィンフリートさんに「じゃあ準備してきます」と声をかけて私を食堂から連れ出した。

そして向かった先には――。

「ふおおおおお！」

本日二回目である。

案内された場所にはところ狭しと、服、服、服！　装飾品と靴もそろっているドレスルームだった。

「すごい……」

平民の私がお目にかかったことがない高級な服がずらりと並んでいる。

「魔王様が昨日から手配していたの。あの人、見かけによらず子供好きでね」

あ、やめてニコさん、罪悪感が！　ごめんなさい、本当は大人で！

「これとかどうかしら？」

ニコさんが差し出したのは、淡い水色のドレスだ。レースがふんだんに使われていて、風になびくたびにふわふわ揺れるスカート部分が可愛い。

「かわいい……」

実は憧れていた、ドレス。だって庶民は着られないもん。

「じゃあこれ着ていきましょうか」

「え⁉　ド、ドレスって町に着ていっていいものなんですか⁉」

勝手なイメージだが、パーティー会場とかあとはお城とかで着ているイメージだ。あくまで実際私は貴族でないので、ただのイメージなのだけど。

「もちろんいいに決まっているわ。きっと可愛いわよ」

ひゃー！　やったあ！

私はドキドキしながらドレスを着させてもらう。

肌触りが、肌触りが私が普段着ている服と違う！　素材の質が違う！　今まで普通に着ていたけど、こうしてみると、私の普段着粗末《そまつ》だったんだなあということがよくわかる。これいくらするんだろう。そういえば、ニコさんに着せてもらった寝間着からしてすごく質が良くて安眠できた。あれもやっぱり高級品？

あ、待って、気付いたけど、私今日朝ごはん寝間着で食べたな……？　は、恥ずかしい……。

私があれこれ考えているうちに準備が終わった。

「まあ、思った通り、とてもよく似合ってるわ！」

ニコさんが私を姿見の前に連れてきてくれた。

水色のドレスは思ったより私によく似合っていて、首には赤いネックレスが付けられている。靴は私が子供だと思われているからだろうか、ヒールが低い、歩きやすい靴を履かされたけど、大きなリボンがついていて可愛い。

馬子《まご》にも衣装ってやつじゃないかしら！

私は自分の姿を見てちょっとにやけてしまう。

そのとき、部屋の扉がノックされた。

「準備はできたか？」

そこにいたのはヴィンフリートさんだった。

「今終わったところです」

ニコさんが返事すると、ヴィンフリートさんは私を頭からつま先まで確認した。

「うん、なかなか似合っている」

そういえばこの服とかヴィンフリートさんが手配してくれたんだっけ。センスがいいな。

ヴィンフリートさんは満足そうに微笑むと、私に手を差し出した。

「じゃあ行くか」

「え？　ヴィンフリートさんも一緒に行くんですか？」

魔王様がそんな簡単に城を抜けていいのだろうか。

「最近働きすぎで休めと部下に言われている。ちょうどいいだろう」

なるほど。確かにヴィンフリートさんはちょっと真面目そうだ。たまには上司が休まないと部下も休めない。

ここは変に遠慮しないほうがいいだろう。

「よろしくお願いします」

私は笑ってヴィンフリートさんの手を取った。

◇◇◇

「ふおおおお！」

本日三回目である。

魔族の町は栄《さか》えていた。今案内されているのは城下町だが、グリネイル王国の城下町と変わらないぐらい大きい。

市場もあり、人々は活気にあふれている。

私は買ってもらったオレンジジュースを飲みながらキョロキョロ見回す。

あのスイーツおいしそう！　あれ見たことない食べ物だ！　この国特有のものかな？　あ、あの小物可愛い！

「楽しそうだな」

キョロキョロ落ち着かないでいる私に、ヴィンフリートさんは声をかけた。

「だって、すごい！　いろんなお店がありますね！」

「ああ。魔族の城下町もなかなかのものだろう。おい、あれとあれとあれを買っておけ」

「はい」

ヴィンフリートさんが指示すると、ニコさんはすぐさま私がさきほど目にして興味を示したものをすべて購入した。

「ヴィンフリートさん⁉　こ、こんなに買わなくていいんですよ⁉」

興味を持って正直買いたいと思ったが、とても払えない。まだ国王陛下からお金もらってないし。あれ、私お金ちゃんともらえるよね？　もしくは親に遺族としてすでに渡されてる？　王女様が私を気に入らないからってそこまで反故《ほご》にしないよね⁉

「心配するな、俺の金だ。使わな過ぎて余ってるぐらいだからちょうどよかった」

「魔王様趣味がないから。あなたに貢《みつ》ぐ趣味ができてよかったわ」

ニコさんがすごく失礼なことを言っている。しかし魔王であるヴィンフリートさんは怒る様子はない。やっぱり寛大《かんだい》だな。

「えっと、じゃあ有難《ありがた》く」

払えるお金もないし、すでに買われてしまったので、素直に受け取った。受け取ったと言っても数がすごいので、乗って来た馬車に積まれることになった。

どうしよう、こんな甘やかされた生活していたらダメ人間になりそう。村に戻ったとき農作業できるかな。

可愛いドレスも着られて私はお姫様気分だ。

そういえば本当のお姫様はどうしただろう。あのアルフレッドが、王女様が私に何かしたと知ったら何もしないでいるなんてことないと思うけど。

「……アルフレッド、どうしてるかなぁ」

私は幼馴染を思って空を見上げた。

◇◇◇

俺にとってレイチェルはすべてだった。

いや、過去形ではない。俺のすべてだ。

レイチェルとは生まれたときからずっと一緒だった。

家も隣同士。お互いの親も仲良しで、まるで家族のように育った。

綺麗で愛らしいレイチェルが大好きだった。おそらく気付いた頃には親愛は恋に変わっていた。

だけど、それが執着に変わったのはきっとあれがきっかけだ。

母を助けてくれたあの日。

自分がボロボロになりながら、母のために危険を顧《かえり》みず花を取って来たあのとき。

人のためにそれだけできる優しさと、そのために自らを投げ出してしまう無鉄砲さ。

そのすべてが愛おしいと思った。

そして……彼女が倒れたとき、心臓が止まりそうなほどの恐怖を感じた。

俺はレイチェルなしではもう生きていけない。

そう確信した俺は本人にも気付かれないように、静かに彼女を囲っていっていたはずなのに。

なのに今俺の目の前からレイチェルが消えた。

「どこにやった？」

俺は目の前に立っている女――王女に話しかけた。

「なんのことです？」

「しらばっくれるつもりか？　目の前で見たと言うのに？」

「気のせいでは？」

王女は笑顔で俺に近寄ってくる。

「きっと勇者様はお疲れなんです。わたくしはレイチェルさんより魔法が使えないんですよ？　それなのに、レイチェルさんをどこかにやるだなんてそんなことできるわけないじゃないですか」

それより、と言いながら、王女はそっと俺の腕を取った。まるで恋人同士がするように。

「この間のデートの続きをしましょう？　今度は勇者様を楽しませてみせますわ」

そう言って笑う女の醜悪さはとても言葉にできない。

「お前、今墓穴を掘ったことに気付いていないのか？」

「え？」

王女に冷ややかな視線を送る。

「俺は『どこにやった？』と聞いたんだ。レイチェルの名前は出していない。──なのにお前ははっきり言ったな……レイチェルと」

王女がハッとするがもう遅い。

「今すぐレイチェルの居場所を吐け」

「……知りません」

「それが通用すると思っているのか？」

俺は王女の腕を振り払う。王女はその勢いのまま、地面に倒れこんだ。

腰に下げた勇者の剣を抜くと、王女がビクリと身体を震わせた。

「ま、まさかその剣でわたくしを攻撃するわけじゃ……」

「なぜしないと思うんだ？」

俺の回答に、王女は顔を青ざめさせた。

「ゆ、勇者であるあなたが人を傷つけるなど……！」

「それを言うなら白魔法の使い手が人を傷つけるのも間違っているな」

白魔法はその魔法で人を傷つけることはできないが、どうもやり方によってはそれも可能らしいと、今知った。そして勇者の剣も、べつに魔物だけが切れるわけではない。人にだって有効だ。

「こ、こんなことをして、お父様が知ったらどうなるか…！」

「どうもならないだろう。お前も言ったじゃないか。勇者は王族と同じだけ価値があると」

王女が歯を鳴らす。恐ろしいのだろうか。そうだろう。

「違う……勇者様は優しくて……口調もそんなきつくなかったはずで……」

「それはレイチェルのためだ。レイチェルは警戒心が強いから……だから幼い頃から、彼女の前では柔らかい口調にしている」

だがこれはレイチェルのためのものだ。

「お前にはそんなことをしてやる必要はない」

王女の顔の横に剣を添える。

「そんな……嘘よ……勇者様はこんなんじゃない……勇者様はわたくしのことを愛してくれて……」

「どこの世界の勇者様のことだ？　残念ながら、妄想を聞く趣味はないんだ」

たびたびこの女は妄想を口にするが、そのたびにレイチェルが気にするから気に食わなかった。

「最後に一度だけ聞く。レイチェルをどこにやった」

俺の問いに、王女はブルブル震えながら、ようやく欲しかった答えを寄こした。

「ま、魔王のところに……」

俺は王女の顔の横に剣を刺した。髪が少し切れ、床に散らばる。頬から少しだけ血が流れているが、自業自得だ。

「魔王のところだと……？」

魔王は人間にとって敵だ。魔物を生み出し、人を殺すことを楽しんでいるらしい。

そんなところにレイチェルを送っただと？

「今すぐ連れ戻せ」

「で、できないわ……相手が目の前にいないとできないの……」

「じゃあ俺を今すぐ送れ！」

「そ、それもできない……一日一度しかできないの」

なんて役立たずな女なんだ！

俺は剣を王女の立っている真横に振り下ろした。王女が悲鳴を上げる。

「王女様⁉」

王女の声を聞き、ブランドンがやってきた。俺と王女を見て目を白黒させる。

「勇者、王女様に何を――」

「この女がレイチェルを魔王のところに送った」

「……何？」

俺に向けて剣を向けようとしていたブランドンは、その手を止めた。

「あんなところに人を送ればどうなるかわかるだろう……こいつはレイチェルを、聖女を亡《な》き者にしようとしたんだ」

「なっ」

ブランドンが王女に向き直る。

「王女様、本当ですか⁉」

ブランドンが来て、死の危機がなくなったと思ったのか、王女がいくらか余裕の表情を取り戻した。

「ええ、そうよ！　何か悪いの！　わたくしと勇者様の邪魔をするのがいけないのよ！　あんな女死んで当然だわ！」

開き直る王女に、ブランドンが青ざめる。

「なんてことを……聖女を魔王のもとに送るなど……これは重罪です！」

「重罪？　王族なんだからそんなの関係ないでしょう？」

「あなたは自分が住んでいる国のことも何もわかっていないのか⁉」

ブランドンが王女に対して怒声《どせい》を浴びせる。

「勇者と聖女は皇族と同じ扱い……いや、ほぼ王と同じ扱いになる……その聖女を殺そうとしたなど、どれほど重い罪を問われるかわかっているのか！」

王女はそこまで知らなかったのか、目を白黒させた。

「そ、そんなの知らない……ゲームになかったもの」

「なんの話をしているのです？　とにかく聖女を魔王のところに送ったということは確実に殺意があったことが認められる……牢屋行きは間違いない……」

「そんな！」

王女が悲鳴を上げる。

「そんなの嫌よ！　なんとかして！」

「なりません……愚か愚かだと思っていたが、ここまでとは……知った以上、すぐにあなたを拘束し、連行しなければ……」

「な、なんで……どうしてわたくしがそんな……嫌よ絶対！」

往生際の悪い王女がわめく。その姿は一介《いっかい》の王女とは思えぬほど、品がない。

「そんなことはどうでもいい。ブランドン」

「なんだ」

「王女を連行するのは明日にしろ。王女、さっき一日一回しか使えない魔法だと言ったな？」

「……そんなこと言いましたかしら」

王女がシラを切ろうとする。

「はっきりこの耳で聞いた。なら明日俺をレイチェルのところに送れ。……もしそうしなかったら……」

俺は勇者の剣を王女の首筋に当てた。

「その首、無事で済むと思うなよ」

6章　正ヒロインと負けヒロイン

……気付けば一か月経ってしまった。

「すっかりなじんでしまった……」

私は魔王城の与えられた部屋でのんびりしていた。

これは俗に言うニートの暮らしというやつではないか？　いや、ニートには使用人はいないだろうから、私のほうが至れり尽くせりの生活だろう。

着々とダメ人間になっていっている気がする。

「自分の正体も言ってないし……」

とても罪悪感が湧いてくる。これで実は十七歳で、聖女だったと知ったらどうなるのだろう。

魔族と人間のことを聞いて、おそらく実は聖女だったと伝えてもよかったのではと思ったけれど、なんだかんだ切り出すタイミングを逃して、完全に言い出せなくなっていた。

どうしようかな、と思いながら部屋を出ると、なんだか魔王城が慌ただしかった。

「何かあったのかな？」

「あ、レイチェルちゃん、用事かしら？　ベルは鳴らなかったみたいだけど……」

慌ただしく動いている人の一人であるニコさんが、私に気付いて足を止めた。

私に数日べったり張り付いていてくれていたニコさんは、そんなに四六時中そばにいなくても大丈夫だと伝えると、必要なときは部屋のベルを鳴らすようにと教えられ、その後、そうして暮らしている。

「いえ、用ではないんですけど、なんか慌ただしいなと思って」

「ああ、そうなの……実は飲み水が瘴気《しょうき》で汚染されてしまったの」

「え⁉　それって大事《おおごと》なんじゃ⁉」

「ええ、大事よ。瘴気で汚染された水は飲めないのはもちろん、洗濯などにも使えないから……なんとかしないと……でも浄化なんてできないし……」

ニコさんが困り果てた顔をする。

「ここは魔物の発生源に近いから、昔からあれこれ悩んだけどこんなの初めて……

私たちは白魔法を使えないし、対策がないのよ」

「白魔法……？」

「そうよ。白魔法なら川の水を一気に浄化できるわ」

なにせ、魔に対抗する力ですからね、とニコさんが言う。

「もうすでに半日水が使えていないから、これから水不足をどうするか話し合いを
――」

私はニコさんの腕を掴んだ。

「ニコさん、その汚染されたところに連れて行ってください！」

「え？」

ニコさんが目を瞬く。

「行きたいの？　でもね、とても危険なの。あの水を一口でも飲んだら死んでしまうから……」

「大丈夫です！　自分の身は自分で守れます！」

ニコさんは少し思案して、決断を出した。

「わかりました。では魔王様に相談します」

「その必要はない」

ニコさんの後ろからニュッとヴィンフリートさんが現れる。

「何か策があるのか?」

「はい! 確実になんとかなる策が!」

自信満々の私に、ヴィンフリートさんは頷いた。

「わかった。連れて行こう」

ヴィンフリートさんの鶴の一声で、私も現場に向かうことになった。

◇◇◇

「これは……」

私は絶句した。そこにあったのは真っ黒く汚染された川だった。

ブクブクと泡が立ち、そこからプシュッと瘴気が出ている。

想像した以上にひどい状態だった。

そうか……ここは魔物の発生源に近いから、より被害も人の国より深刻なのだ。

「ここまでとは……こんなの魔術でもどうにもならない……」

ニコさんが絶望の声を出す。

「飲み水がなければ数日でみんな死んでしまう……」

角はあるものの、ここに来てから食べているものは、私が人の国で暮らしていた頃に食べていたものと大差ない。生活習慣も大きな違いはなかったし、ほぼ人と同じなのだろう。

つまり水を飲めないと死ぬ。

「他に川は……」

「ここだけなの。国自体大きいものではないから……」

「そんな……」

ということはここが唯一の飲み水の確保できる川なのだ。

しかしこれは……。

私はそっとそこにあった葉っぱを入れた。

「ひっ」

葉っぱはシュウッと音を立てて一瞬で溶けてしまった。

こんなの飲んだら即死だわ……。

「どうしたらいいの……」

「……………」

ヴィンフリートさんもどうしたらいいかわからないようだ。

私は意を決して二人に訊ねた。

「あ、あの……白魔法で解決できるって本当ですか？」

「ええ。前に聖女が現れたとき、同じような状況になったらしいの。そのとき聖女が川を浄化したと文献には書かれていたわ。古い文献だけど、その分魔王様が管理をしていたから、信憑性は高いの」

なるほど……。

それならきっと信じられるだろう。

私は川をどうするか思い悩んでいる二人をチラリと見る。

二人とも深刻な顔をしている。当たり前だ。国の存亡にかかわるのだから。

だから——だからこのままじゃダメだ。

「お二人とも、何を見ても驚かないでくださいね」

「え？」

私は意を決して川に手をかざす。

「ちょっと、危ないわよ！　触れるだけで皮膚が……！」

川に手を近付けた私に、ニコさんが慌てて止めようとする。

ニコさんを安心させるように笑顔を向けた。

「大丈夫ですよ」

そして川に向かって回復魔法をかける。

文献を信じるなら、きっとこれで――。

「これは……」

ヴィンフリートさんから小さな声が漏れる。

私の手から回復魔法が川に流れる。

ボコボコ音を立てていた瘴気まみれの川が、徐々に徐々にと泡が立つ頻度も下がり、真っ黒だった川の水も、黒から灰色、そして最後に透明になっていく。

もとの形に戻った川を見て、私はほっと息を吐いた。

よかった。本当に綺麗にできた。

「レイチェル、これは……」

ヴィンフリートさんが、綺麗になった川から私に視線を向ける。

私は覚悟を決めて二人に向き直った。

「黙っていてごめんなさい。私はレイチェル・ウルケッド」

私はにこりと笑った。

「そして、聖女の名称も持っている、ただの村娘です」

◇◇◇

「聖女の肩書がある人間はただの村娘ではないと思うが」

あのあと……私が正体を明かしたあと、そのまま魔王城に急いで戻った。

川が元に戻っても、国民に知らせたり、いろいろな後始末があるからだ。

二人がバタバタしている間に、私はちょっといつもより魔力を使って怠い身体を休めていたら、あっという間に夜になった。

そして今は夜食の時間である。

美味しい食事をありがたくいただいて、食後のデザートを食べている最中だ。

「え……でも実際白魔法使えるってだけで、他はただの村娘と変わらないし……」

正直いも臭さは隠せていないと思う。毎日毎日畑仕事ばかりしていたのだ。そうそう田舎者というのは隠し切れない。

田舎者だから隠す気もないし。

「川の件、感謝する」

　ヴィンフリートさんが私に頭を下げる。

　魔王様が頭を下げた！

「なんでも好きな報酬をやろう」

「ちょ、ちょっとやめてください！　それじゃ私が報酬目当てに川を浄化したみたいじゃないですか！」

　報酬など望んでいない。むしろ今までお世話になっているのだから、これぐらいするのは当たり前だ。

「私がやりたくてやったんです。報酬は必要ありません」

「だがそれでは俺の気が晴れない」

　ヴィンフリートさんは少し考えると、こう提案してきた。

「町でなんでも好きなものを買ってくるといい。金に糸目もつけない」

「え？」

「たまに町に行っても何も買わずに帰ってくるだろう」

「それは……居候《いそうろう》の金なしなので……」

　私は着の身着のまま転移してしまったので、お金がない。だから何も買わなかった。ただでさえ寝食《しんしょく》を面倒見てもらっているのに、買い物代までせびるわけにはいかなかった。というか部屋とドレスまで何から何まで用意してもらっているのにこれ以上もらえない。

「気にしなくていい。お前の面倒を見ると決めたのは私だ。お礼もかねて、好きにしたらいい」

「でも……」

「ならお前に領地でも――」

「買い物します！」

とんでもないものをくれそうなヴィンフリートさんの言葉をなんとか遮り、町で買い物をすることになった。

◇◇◇

町は相変わらずのにぎやかさである。

「久々に来たが活気があるな」

そして隣にはヴィンフリートさんがいる。

「水の件があるからどうかと思ったが、すぐに問題解決できたからすぐに日常に戻れたな」

「ええ、本当によかったです」

水がないと人は生きていけない。飲む水は必要だし、生活にも必要だ。医療その他でも水はかかせない。

「この日常も、お前のおかげで。感謝する」

「そんな……当然のことをしたまでです。きっと他に白魔法使える人がいたら、その人もそうしていたと思います……たぶん」

言いながら、王女様はするだろうか、と考えたけど、答えはでなかった。そこまでの人でなしではないと思いたい。

道行く人たちは、もう昨日のことなど忘れたように、笑顔を見せている。水がなくなって絶望しただろうに、なんて強い人たちだろう。

この日常を取り戻せてよかった。

ところで……。

「魔王様がそんなに普通に町にいていいんですか？」

「問題ない。みんな慣れている」

確かに道行く人たちも、「わあ！　王様だ！」みたいに驚いている人はいない。

だがその代わり若い女性の視線が集まっている。この美形だもの。そうなる。

そしてヴィンフリートさんにうっとりしたあと、隣にいる私に視線を移して鋭い目で睨みつけてくる。怖い。女性の嫉妬怖い。

アルフレッドも美形だけど、村にはあまり若い女性が少なく、こうした視線を受けることはあまりなかった。

魔族には私は子供に見えるらしいけど、それでも嫉妬するんだなぁ。

「何が見たい？」

「えーっと……」

「なければ適当な店でも買っていいが」

今おかしな単語が聞こえた。

「店でも……買って……？」

「ああ。とりあえず店をいくつか買っておけば、今はなくても後々欲しかったと思ったものも手に入りやすいだろう」

そんなもののために店を買っちゃダメです！

とくに欲しいものはないが、何か言わなければ店を買われてしまう。

グリネイル王は報酬たっぷりと言ったが、さすがに店を何軒も買えるほどはくれないだろう。買われたものを弁償《べんしょう》しきれない。

何か、何かないだろうか。できるだけ安めで。

「あ」

そのとき私の目に飛び込んできたのは――。

「わたがし……！」

そう、前も食べた屋台の食べ物だ。

「ヴィンフリートさん、これが食べたいです！」

私はわたがしの屋台を指差す。

「屋台か……」

ヴィンフリートさんは少し考えた。

「屋台も買えるが……」

「べつにいらないです！　本当に！　わたがしを買ってほしいだけです！」

屋台を買われても困る。もらってもどうしようもないし。

納得してくれたのか、ヴィンフリートさんは私の言う通り、わたがしを一つ買ってくれた。

青、赤、黄色……色とりどりなわたがしは、私が転生する前では、いわゆる『映え』と言われるものだろう。

そういえば前食べたとき、ニコさんが若い女性に人気って言ってたな。どこの世界も女性は見た目が綺麗なもの好きなんだなぁ。私も好きだけど。

「おいしい～」

味は前世のわたがしと変わらない。だけど無性に懐かしい。子供の頃お祭りに行く度に親に強請《ねだ》っていた気がする。

「アルフレッドにも食べさせてあげたいなぁ」

狭い村の中、おいしいも楽しいもいつも一緒に分け合ってきた。

村には当然こういった食べ物はなかった。アルフレッドにも味わってもらいたい。

「これお持ち帰りできるのかな……」

あ、でも次にいつアルフレッドに会えるかわからないか……。

腐らせたらいけないな、と思ってお持ち帰りをあきらめた、その時である。突然腕を掴まれた。

「え!?」

私の腕を掴んだのは――。

「見つけた……!」

アルフレッドだった。

え？　アルフレッド？　どうしてここに？

私は幻覚かと思い、アルフレッドの顔に触れる。触れた。触れてしまった。

つまり本物だ。

「えええええー⁉」

私は驚いて大きな声を出してしまう。

だって私が魔王城に転移させられたのは、一か月ほど前だ。そのときいたのは初期ダンジョンで、とてもそんな時間で来れる距離ではなかったはず。

「アルフレッド、どうやってここに？」

戸惑いながら訊ねると、アルフレッドが答える。

「あの王女様を懲らしめ……じゃなかった説得して俺をここに飛ばしてもらったんだ」

今何か言いかけていたけど聞かなかったことにしよう。

「アル……」

私が名前を呼ぼうとすると、アルフレッドは私の顔をペタペタ触り、身体も軽く触りだした。

「あ、あの……アルフレッドさん？」

ペタペタペタペタ。アルフレッドの気が済むままにひとまず触らせたが、なかなか終わらないので声をかけると、ピタリと手を止め、安心したように息を吐いた。

「よかった……怪我もない……」

ずいぶん心配させてしまったようだ。そりゃ幼馴染がいきなり消えたら驚くだろう。

「心配かけてごめんね」

「ああ、本当に……何かあったらあの女殺すところだった」

これも聞かなかったことにしよう。

「おい小僧」

そのとき、私たちの間に割り込む人物がいた。

ヴィンフリートさんだ。

アルフレッドとヴィンフリートさんはにらみ合う。

「お前は誰だ？」

「お前こそ誰だ？」

二人の間で見えない火花が見える。

このままここで最終決戦しないでしょうね⁉

私は慌てて二人の間に入り込む。

「アルフレッド、こちらお世話になったヴィンフリートさん！　ヴィンフリートさん、こちらは幼馴染のアルフレッドです」

とりあえず二人をお互いに紹介する。二人はギスギスした雰囲気のまま、不満そうにしながらも、私の手前か握手を交わした。

「ヴィンフリートだ」

「アルフレッドです……」

アルフレッド……やけにヴィンフリートさんの手をぎゅっと力強く握っている気がするけど気のせいかな？　ヴィンフリートさんも思い切りやり返している気がするけど気のせいかな？　気のせいだよね⁉　なんだがゴリゴリと聞こえてはいけない軋《きし》む音が聞こえる気がするけど気のせいだよね⁉

気のせいだと思うけどあとで二人とも回復させるからね！

「レイチェルがお世話になりました。連れて帰ります」

ゴリゴリなる握手をしながらにこりと笑うアルフレッド。

「レイチェルはまだこの国に興味がありそうだぞ。せっかく来たんだ、少し留《とど》まってもいいだろう」

同じくにこにこしながら握手をやめないヴィンフリートさん。

「大事な旅の途中なので」

「旅の途中で魔王城に子供を転移させるのか人間の国は」

バチバチバチ！

再び火花を散らした二人に私はアワアワするしかない。

「転移は俺がきちんとレイチェルを見ていなかったからで言い訳はしない。でも一つ言いたい」

アルフレッド？　何を言う気なのかな？　にこっと笑ってこちらを見たけど何を言う気なのかな？　嫌な予感しかしないよアルフレッド！

「レイチェルは……」

あ、言わないでアルフレッド！　お願いアルフレッド！

「レイチェルはこう見えて十七歳だ」

辺りが一瞬でしんとなった。

アルフレッド、どうして今言っちゃうの、アルフレッド……。

今まで子供のフリしていた自分が大変恥ずかしく思えるし、騙《だま》したみんなに申し訳ない。

「十七歳？」

ヴィンフリートさんは信じられないという表情で私を見る。いや本当にすみません、騙すつもりはなかったんです……。

そしてヴィンフリートさんはうんうん頷き、アルフレッドに向き直った。

「嘘を言うな。どこからどう見ても十二歳ぐらいだろう」

やめてー！　ヴィンフリートさん、私にもダメージくるから！

これは若く見えると喜んでいいのかどうかもわからない！

「町の人間をみたところ、魔族は長身が多いのか？　レイチェルは確かに身長は低い方だけど、正真正銘俺と同じ十七歳だ」

「これのどこが十七歳だ。まだ子供だろう」

あぁ……ごめんなさい、ヴィンフリートさん……もう良心の呵責《かしゃく》に耐えられそうにありません……！

「実は十七歳でしたごめんなさいいいいいいいい！」

私は見事なジャパニーズ土下座を披露した。

◇◇◇

「で、本当に十七歳だったと？」

「はい、そうです……騙すつもりはなかったんです……」

町を見るのを取りやめ、私たちは今魔王城に戻った。もちろん隣にはアルフレッドがいる。

私は罪悪感で小さくなりながら、今までの顚末《てんまつ》を話した。

「――というわけで、決してわざとではなく、身を守るために流れに任せてしまっただけでして……」

悪意があったわけではないことを必死に伝える。

実際は身を守る以外にも、お風呂を一緒にしてしまったのが気まずかったのもあった。ヴィンフリートさんは私が子供だと思ったから一緒に入ったのであって、今更十七歳でした、と言われても、お互い気まずさしか残らないだろう。

私の話を静かに聞いていたヴィンフリートさんが、ふう、とため息を吐く。怒った？　怒ったかな？　怒るよね？

私がびくびくしていると、ヴィンフリートさんが玉座から下りたのがわかった。

そして私の前で立ち止まる。

「大変だったな」

そして私の頭にポン、と手を置いた。

「え……？」

「まだ若いのに苦労をしているんだな」

ヴィンフリートさんは怒っていなかった。むしろこちらを労ってくれている。

「怒らないんですか？　私、騙したのに」

「騙そうと思ってのことではないだろう。こちらも勝手に勘違いして悪かった」

ヴィンフリートさんがそのまま頭を撫でてくれる。なんて優しい人だろう。

と私が感動していると、アルフレッドがその手を払いのけた。

「気安くレイチェルに触らないでくれますか？」

「お前になぜそんなことを言われなければいけない？」

「レイチェルは俺の大事な人なので」

「そうか。俺もレイチェルが気に入っている」

アルフレッドとヴィンフリートさんがまた二人でにらみ合いを始めた。

「俺はレイチェルと一緒の布団で寝たことがある」

「俺はレイチェルとこうして出かける仲だ」

「……レイチェルと子供の頃から一緒に過ごしているから何でも知っている」

「俺もレイチェルがいちごパフェが好きなのを知っている」

アルフレッドがキッとヴィンフリートさんを睨みつけた。

「俺はレイチェルとお風呂に入ったことがある！」

「ちょっとアルフレッド……！」

それは子供のときの話でしょう！　それに、お風呂だったら……。

「奇遇だな。俺も一緒に入った。昨日な」

勝ち誇ったように言うヴィンフリートさんの言葉を聞いて、アルフレッドが固まった。

「ア、アルフレッド……？」

おそるおそる声をかけると、アルフレッドに両腕をガシッと摑まれた。ヒッ！

「……レイチェル？　昨日の今日でこいつとそんな関係になったの……？」

笑顔でありながら低い声で訊ねてくるアルフレッドが怖い。というか昨日の今日ではなく一か月の仲である。だけど今そこを言うのは野暮な気がするので黙っておく。

「アルフレッド、たぶん勘違いしてる！　たんに保護してもらっていただけ！　お風呂は……ほら、子供だと思われてたから！　それだけだから！」

必死に言い訳すると、アルフレッドが腕から力を抜いてくれた。

「そうだよね、レイチェルに限ってそんなことないよね。長年一緒にいる俺のほうが大事だよね？」

「う、うん……？」

よくわからないけど頷いておく。アルフレッドが大事な幼馴染なのは変わりないしな……。

「無理強《じ》いはよくないぞ」

そんな私をかばうように、ヴィンフリートさんがアルフレッドから引き離してくれた。

アルフレッドは鋭い目でヴィンフリートさんを睨みつけると、腰に差している剣を抜いた。勇者の剣だ。

「そういえば、レイチェルの話では、あなたが魔王なようだな。このまま一思いに切ってやる」

アルフレッドがヴィンフリートさんに飛び掛かるも、ヴィンフリートさんはひらりと避ける。

「動きが遅いな」

「くっ！」

ヴィンフリートさんの挑発に乗ったアルフレッドがどんどん技を繰り出すも、受け流される。

ヴィンフリートさんはゲームのラスボスだ。そんな簡単に倒せるはずがない。

というか、魔王を倒す必要ないんだって！

「やめてアルフレッド！」

私が大きな声を出すと、アルフレッドがピタリと止まる。

「何で止めるのレイチェル」

「あのね、魔王を倒しても魔物は消えないの」

「どういうこと？」

私はアルフレッドにヴィンフリートさんに聞いた話を聞かせた。

「つまりその魔物の発生源とかいうところに行かなきゃいけないの？」

「そうなの」

アルフレッドは剣を鞘に収める。

「じゃあサクッと行ってくるよ。そうしたら魔王殺していいよね」

「何で⁉」

全然そういう話じゃなかったよね⁉

「行ってもいいと思うが、魔物の発生源は瘴気で覆われていて普通の人間じゃ無理だ。一瞬でドロドロに溶けるぞ」

ドロドロ？　え？　人がドロドロに……？

私はうっかり想像して鳥肌が立った腕を摩った。

「ならどうするんだ？　このまま魔物が増殖していくのを見ているしかないと？」

アルフレッドがヴィンフリートさんに訊ねる。

魔物は発生源からも出てくるが、普通に子供を作ることもわかっている。だからどんどん増えて、退治も追いつかず、こうしてアルフレッドが旅をすることになっているのだ。

「聖女だ」

え？

「聖女がいれば、瘴気から身を守れる」

「聖女がいれば……」

それはつまり……。

「お前が必要だレイチェル」

どういうこと？　聖女はただの勇者の補佐役じゃなかったの？

いえ、それより今は聞くべきことがある。

「どうすればいいんですか？」

私の……聖女の役割だ。

ゲームでは魔王を倒して終わりである。しかしヴィンフリートさんの話では、魔王を倒しても魔物は消えない。

ゲームはあくまで人間視点のゲームだから、人間が信じていた通りにストーリーが進んでいた。

ゲーム終了したあとも、きっと魔物被害に頭を悩ませていたんだろうな。

「聖女がやることは簡単だ」

ヴィンフリートさんが私の目を真っすぐ見る。

「近付くまでは防御魔法で進めばいい。聖女の防御魔法は瘴気を通さない。そして目的地についたら勇者が剣を突き刺せ」

なるほど……つまり勇者だけでは魔物を一掃《いっそう》できないようになっているのだ。だから聖女と勇者はセットで扱われているのか。

聖女はただの便利な後方係だと思っていたけどかなり重要だった。

「話はわかった」

アルフレッドが椅子から立ち上がる。

「じゃあ行こうか」

「え⁉　今から⁉」

びっくりして私はアルフレッドを見る。

「ああ。善は急げだ。町にちまちま結界張って魔物から守らなくても、もとを断てるのだからそうするほうが効率的だろう？」

「それはそうだけど……」

そうだけど……アルフレッドはわかっているのだろうか？　今から向かう場所は最終ダンジョン。いわば最強レベルの魔物がいるところだ。それを今のレベルの私たちが向かって行って勝てるだろうか？

「問題ない」

不安を隠せない私に、ヴィンフリートさんが安心させるように言う。

「俺なら発生源に近い魔物も倒せるし、レイチェルを危険な目には合わせない」

その言葉に安堵する。確かにヴィンフリートさんはラスボスなのだから、この辺りにいる魔物も難なく倒せるだろう。だって一番強い設定だし。

「お前なんかいなくても俺がレイチェルを守れる」

アルフレッドがなぜか張り合ってくる。

なぜか会った瞬間から気が合わないらしい二人に、私は小さくため息を吐いた。

◇◇◇

いなくてもいい、とアルフレッドは言っていたが、魔物の発生源はヴィンフリートさんしか知らない。

なので、アルフレッドと私、そしてヴィンフリートさんで出発することになった。

「もっと魔物討伐隊みたいなの作らなくていいんですか？」

「ああ。全員に瘴気から守るための結界を張っていたら、レイチェルの体力が持たない」

た、確かに……目的地に着く前に魔力切れしそう。

だけど、ヴィンフリートさんは問題ないとして、アルフレッドはまだレベル低いはずなんだけどな。

——と思っていた少し前の私に教えてあげたい。

「はぁ！」

あなたの幼馴染、少し離れていた間に急激に強くなっていますよ、と。

ザシュッという音とともに魔物をバッサバッサ切り倒していくアルフレッド。

私はそれを自分で作った結界で守られながら、ただただ見ていた。

いや、急に強くなりすぎじゃないですか？　人間ってそんな急に強くなるもの？

「ア、アルフレッドってこんなに強かった……？」

私に実力を隠していたとか？　勇者の剣を持ったことで何か変わったとか？

そんな私の疑問に、アルフレッドが答えてくれた。

「ああ……本当はレイチェルの近くにすぐに転移する予定だったんだけど、なぜか魔族の町から少し離れたところに飛ばされたんだ。それで魔物と死に物狂いで戦っていたら自然と強くなったよ」

え……何それ。強制レベル上げしてたの？

魔族の町の周りはゲームでも最終ダンジョン付近ということもあって、魔物のレベルは高かったはず。よく初期ダンジョンからそこに飛んで生き残ったものだ。さすが主人公。

「そういえば、レイチェルが転移されたあと、他の人間が来ないように城下町含めて魔術で転移できないようにしたな」

ヴィンフリートさんが今思い出した、というように言う。アルフレッドがそんなヴィンフリートさんを睨みつける。

「じゃあ俺がすぐレイチェルのもとにいけなかったのはあなたのせいか」

「こんな子供を追ってくるのは悪党だと思ったからな。結果的に強くなれたかららいいんじゃないか？」

敵を倒しながらバチバチ火花を散らす二人に、私は気にするのをやめた。

とりあえずここの魔物は私では倒せないので、守ってくれればそれでいいです。

「レイチェルのこと何も知らないくせに」

「スリーサイズは知ってる」

「は⁉　どういうことだ⁉」

「レイチェルが着ているドレスも俺が贈った」

「いや、そもそもスリーサイズ！　どうやって知った！」

「見た」

「見た⁉　レイチェルどういうことだ⁉」

やめて私に振らないで！

二人がなぜか私のことで言い争っている間にどんどん奥に進んでいき、ついに強い瘴気が発生している場所に着いた。

草木一つなく、荒れ果てている。そしてそんな場所の真ん中に、紫色のマグマの池のようになっているところがある。

ボコボコと音を立てて、魔物がゆっくりそこから現れた。ちょっと気持ち悪い。

「あそこか」

アルフレッドが魔物の発生源を見て目を細める。

「わっ」

瘴気が強いところに出たからだろう。私の結界もほころびそうになった。

これは相当魔力を込めて結界を張らないと！

私は新しく自分たちに全力で結界を作る。しかし三人分……一気に自分の中の魔力が減ったのがわかった。まずい。でも今力を緩めたら結界が瘴気に破られちゃう！

「アルフレッド！　私の魔力が持たないから急いで！」

「わかった！」

アルフレッドが全速力で走り出す。

生み出されていく魔物を次々切り倒し、ヴィンフリートさんもアルフレッドをサポートするように動く。

「二人ともすごい！」

ここの魔物は今までのところより強いはずなのに、二人には敵わない。どんどん魔物は倒され、ついにアルフレッドが魔物の発生源に辿り着いた。

そして魔物の発生源に勇者の剣を突き刺した。

ピカッと光ったかと思うと、紫色だったそこは澄んだ水色になり、綺麗な水たまりに変わった。そして周りから瘴気が消えていく。

「やった！」

これですべてが終わった、と思った瞬間――。

「え？」

発生源から無数の黒いツタが出てくる。それは一直線に私に向かってくる。

「レイチェル！」

アルフレッドが慌ててこちらに向かって来ようとするがとても追いつけない。ヴィンフリートさんもこちらに駆けてきているのがわかるけど、それより先にツタが私に到着しそうだ。

すごい早さでこちらに向かってくる。これは確実に私を殺そうとしていることがわかった。死が目の前に迫っているのを肌で感じる。

本能的にわかる。これは結界じゃ防げない。

死ぬの？　私。ここまで生き残れたのに？

「いいえ……」

私は迫りくるツタに手を向ける。

「ここで死ぬわけないでしょう！」

そしてありったけの回復魔法をぶつけた。

聖女の魔法は白魔法と呼ばれるだけはある。辺り一面を真っ白に染め上げ、ツタは一気に蒸発するように消えた。

身体から力が抜けて、その場に膝をつく。

「い、生きてる……」

私がホッとしたのもつかの間。

「ゲホッ……！」

「レイチェル！」

アルフレッドが倒れる私を慌てて抱き留める。

ゲホゲホと噎《む》せるたびに、口の中に血の味が広がる。アルフレッドの服や地面に血が落ちる。

あれ、これもしかして、私の血？

力使いすぎちゃった？

「ア、ル……」

「レイチェル！　しゃべらなくていいから！」

アルフレッドが焦った顔するのを、久々に見た気がする。

ああ、言いたいことといっぱいあるはずなのに……瞼が……重く……。

「レイチェル？　レイチェルーーー！」

アルフレッドの声を聞きながら、私の視界は黒く染まった。

7章　エピローグ

「はっ！」

私は勢いよく起き上がった。が、ふらっとしてすぐにベッドに逆戻りした。

「うぅ……あれ？　私……」

私、確か魔物の発生源で倒れたんじゃなかったっけ？

それなのにこんなフカフカなベッド。

「まるで天国……」

自分で口に出してハッとする。

「もしかして、ここ死後の世界……⁉」

「何を馬鹿なことを言っているんだ」

「きゃあ！」

人がいた。

私は聞かれていると思わなかった独り言を聞かれて恥ずかしくなる。だって起きた瞬間人がいるとは思わないじゃないか。

べつに本当に天国だと思ったわけじゃないし。ちょっと思っただけだし。

「……ってヴィンフリートさん⁉」

私のベッドの横にいたのはヴィンフリートさんだった。

「ど、どうしてここに？」

「お前が倒れたからだ。倒れたときのことは覚えているか？」

「ええ、まあ。ちょっと頑張りすぎちゃって血を吐いたところまでは……」

その後視界が暗転したからおそらく気絶したのだろうと思う。やはり魔力を使い過ぎたのだろう。血まで吐いたのは初めてだった。

「あのあと慌てて魔王城に連れてきた。お前は一週間眠っていたんだぞ」

「一週間⁉　人間ってそんなに飲まず食わずで生きられましたっけ⁉」

「そこじゃないだろ」

ヴィンフリートさんが冷静にツッコミを入れる。

でもだって、人間一週間は、せめて水を飲まないと死ぬって聞いたけど。私その間、起きた覚えないけど、実は無意識に起きて水飲んだりしてたのかな？　生に貪《どん》欲《よく》だからあり得る。この世界点滴はなさそうだから、自分で補充するしかなさそうだけど……。

「どうやら、聖女は生命の危機に瀕《ひん》したら、自らの身体に結界を張って、自分で身体を癒すようだ。飲まず食わずでも徐々に回復していった」

「え、便利……」

看護いらずということか。便利。

そういえば昔から風邪も一日で治ってたな。それももしかして聖女の力が働いていたのかな。

「お前はのんきだな……」

ヴィンフリートさんがあきれた声を出す。

「え、だって生きてたし……」

「それは結果論だ。本当に危なかったんだぞお前」

「やっぱり死にかけてました？」

「ああ。本気でダメかと思ったぞ」

ヴィンフリートさんの声が少し震える。

本当に心配させたんだ。

「ごめんなさい……」

「いや、違う、お前が謝ることじゃない。本当は俺が守らなきゃいけなかったんだ……」

ヴィンフリートさんは本気で後悔しているようだった。

私はそんな彼の手をぎゅっと握る。

「何言ってるんですか！　あんなことが起こるなんて誰も予測できません！　それにほら、私、今こんな元気なんですから、気にしないでください！」

私は空いた手で自分の胸を叩く。

「だが……」

「もう……そんなに畏《かしこ》まられると私の方が気を遣うじゃないですか！」

私はできる限り明るい表情を作る。でもヴィンフリートさんの表情は晴れない。

仕方ない……。

「じゃあ、一つお願いがあるんですけど」

「なんだ？」

私はにこりと笑う。

「今度また城下町お散歩しましょう。この間中断されちゃったから」

私の提案に、ヴィンフリートさんはようやく少し笑う。

「ああ、わかった」

よかった。彼は何も悪くないのだから気にしないでほしい。

「レイチェル！」

ほんわかした空気の中、私に突進してきたのはアルフレッドだ。

「わぶっ！」

ぎゅうっと抱きしめられて変な声が出る。ぎゅうっと抱きしめられて息ができない。アルフレッド！　あなた力持ちなんだから手加減して！

「勇者、レイチェルが苦しがっている」

「あ、ごめんレイチェル！」

アルフレッドがヴィンフリートさんの言葉でようやく気付いたらしく、慌てて離れる。

私は解放された肺に大きく息を吸い込む。苦しかった。肺がつぶれる心配をしたのは生まれて初めてだ。

アルフレッドは涙目で私を見つめる。

「レイチェルが目覚めてくれてよかった……。もし目覚めなかったら…………俺あとを追う気だった」

わかる。これは本気で言っている。

「アルフレッド、心配かけてごめんね」

あえて今の言葉には触れないで心配かけたことにだけ謝罪する。

本当、ただの幼馴染のあとを追おうとしないで……。

「ごめんね、レイチェル……俺がもっと早く動けたら……」

ヴィンフリートさんと同じようなことを言ってしょんぼりするアルフレッド。

「大丈夫だよアルフレッド！　この通りピンピンしてるから！」

私は自分の腕を見せようとしたけど、残念ながら筋肉がないから元気アピールできなかった。あと少しでいいから筋肉ついてくれないだろうか……。

「レイチェル、無理しないでね」

「うん、ありがとうアルフレッド」

心配そうに私の頬を撫でるアルフレッド。

「……思うんだが、お前たちは距離が近すぎるんじゃないか？」

私たちのやり取りを見ていたヴィンフリートさんに言われ、そうかな？　と少しアルフレッドと距離を取ろうとすると、アルフレッドがぐいっと私の肩に腕を回す。

「長い付き合いの幼馴染だからいいんだ」

「そうか、つまり兄弟みたいな関係なんだな」

バチバチバチ。

どうしてこの二人はいつも争ってるんだろう……。

そう思っていると、アルフレッドがふいに、「あ」と声を上げた。

「レイチェル、式典あるらしいんだけどどうする？」

「式典？　なんの？」

「俺たちのに決まっているじゃないか」

俺たち……？

「魔物を見事に消し去った勇者一行を褒め称える式典だって」

「え」

アルフレッドがにこりと笑う。

「レイチェルは一番の功労者だから、報酬も増やすように要求したからね」

それはすごくありがたいけど。

ありがたいけど、私の目標は平凡に長生きすることだったんだけど……。

式典に参加したらもうそんなことは言っていられなくなる。全国民に顔が知られ、本格的に聖女として名を知られるだろう。

本当は出たくない……けど……。

もう仕方がないのだろう。結局魔物の消滅まで関わってしまった。もう逃げるには遅い。

「わかった……で、それはいつあるの？」

「グリネイルの王様は、レイチェルが目覚め次第やりたいって言ってたけど」

「え？　でも今いるの、魔族の国だよね？」

さっき私を魔王城に運んだと言っていたし、よく見ると今いる部屋は、ヴィンフリートさんが私に貸してくれている魔王城の一室だ。

目覚め次第と言われても、人間の国とここは離れすぎている。帰るまで魔物がいないことを考えても、半年はかかるのではないだろうか。

私の言葉に、「言い忘れていた」とヴィンフリートさんが説明してくれた。

「実は魔王城とグリネイル城をゲートで繋げたんだ」

「ゲート？」

なんだろうそれ。はじめて聞いた単語だ。ゲームにも出てこなかった。

「ゲートは昔から魔族に伝わる魔術だ。昔はこれを使ってよく人間と交流していたようだが……転移に近いが、どこにでも移動させられる転移と違って、ゲートは特定の場所と特定の場所を繋いで行き来することが可能になるんだ」

「え！　すごい！」

ワープができるということか！　便利！　前世でも欲しかった！　どれだけ通勤通学の満員電車が楽になるだろうか……あれだけでカロリーかなり消費しているはずだ。

でもあれ現代人の貴重な運動機会でもあるから、ワープできるようになったら身体壊しそうだな……。

「でもゲートを繋げたって……魔族はそれでいいのですか？」

魔族は人間から迫害されてここに国を築いたと聞いた。人間にいい感情はないだろう。

「ああ。迫害されたのはもう大昔のことだ。今の人間にされたことではない。事情を知らなかったグリネイルの国王からも正式に謝罪と、国交再開の言葉をもらった。これからは人の国とも交流していくつもりだ」

とは言っても……とヴィンフリートさんは付け加えた。

「当然人の国も、魔族の国も、いきなり受け入れられることではないだろう。お互いがお互いいい感情は持っていないからな……しかし、それもきっと時間が解決してくれるはずだ。俺にできるのは双方がいい方向に進むように調整することだ」

そう語るヴィンフリートさんは王の顔をしている。

「そうですね」

人間として暮らした私も、当たり前のように魔族が悪いと教え込まれていた。その常識はすぐには覆《くつがえ》らないだろう。しかし、実際の魔族を見て、その文化を知り、いつかは自分たちが間違っていたと気付くはずだ。いつかは、きっと。

「体調は大丈夫か？」

心配そうにヴィンフリートさんが訊ねてくる。

「あ、この通りピンピンしてます！」

聖女の身体ってすごい。

飲まず食わずで自己回復するなんてどうなってるんだろう。意味がわからないけどすごいことだけはわかる。

「グリネイル国王はレイチェルが目覚めたら国に来てほしいと言っていたが、もう少し休んでからにするか？」

私は少し考え、首を振る。

「いいえ。もう大丈夫です。むしろ眠り過ぎました」

もうこれ以上休める気がしない。眠くもないし。

「だが一応医者に診せるか……ニコ」

「はーい！」

いつからいたのか、ニコさんがヴィンフリートさんの後ろから現れた。

「じゃあ男性陣ちょっと出て行ってね」

ニコさんがヴィンフリートさんとアルフレッドを部屋から追い出す。

「じゃあ診察しましょうか」

「え？　お医者さんは？」

ヴィンフリートさんは医者に診せると言っていた。あとから来るのだろうか。

「それ私」

「え？」

「私、医者なの」

にこりと笑うニコさんに、私は目を大きく見開いた。

「ええー!?」

思わず大きな声を出してしまう。

「だ、だってニコさんって……侍女さんじゃ……」

「侍女兼お医者さんみたいな？　人間についてよくわからないから、一応医者である私があなたにつくことになったのよ」

そう言われて、改めてヴィンフリートさんが私にとても気を配ってくれていたことがわかる。なんていい人なんだヴィンフリートさん。

私はニコさんの診察を受ける。

「うん、もうどこも大丈夫そう。よかったわ。内臓とかあれだったのよ」

あれってなんだったんだろう……私どんな感じだったんだろう……。

とりあえず魔力使い過ぎると肉体的にあれみたいだから今度から気を付けよう……。

ニコさんに呼ばれて、アルフレッドとヴィンフリートさんが戻って来た。

「それじゃあ、レイチェルがいいならグリネイルに行くか」

「そうですね……式典に出たくないという主張は向こうでしたほうがいいんですよね？」

「ああ。俺たちの国の式典ではなく、グリネイルの式典だから、交渉するなら向こうの国王にするしかないな」

さすがに他国の式典に口は挟めないと言うヴィンフリートさん。それはそうだ。出たくないと主張するためにも行かなければいけないだろう。私はベッドから降りる。

「ゲートはどこです？」

「そこの廊下のすぐだ。今後お前が国に帰っても自由に行き来できるように、お前の部屋から近い方がいいかと思ってな」

え、それって……。

「私、人間の国に戻っても、ここに来てもいいんですか？」

「もちろんだ」

国に戻ったらもう会えなくなるかと思っていた。ここで過ごしたのはほんの一か月ぐらいだけど、第二の故郷のように思っていたから嬉しい。

「ありがとうございます！　必ず会いに来ますね！」

「むしろ住んでもいいぞ」

「おい」

ヴィンフリートさんの言葉を聞き逃さなかったアルフレッドが鋭い目つきで彼を

睨みつける。

「レイチェルは人間の国で俺とのんびり暮らすんだ」

「勇者になったお前とのんびりなんか暮らせないと思うがな」

「お前なんか魔王じゃないか。お前のそばにいる方が忙しないだろう」

「そんなことはない。俺はレイチェルが自由に暮らせるようにしてやることができるぞ、何せ王だからな」

やだ、それはちょっと魅力的。

ヴィンフリートさんの言葉にうっかりときめいてしまった。いけない、ダメ人間になる。

私は平々凡々な暮らしを目指してるんです！　誘惑しないで！

「ここだ」

部屋を出て少し歩いたところにある扉の前に案内された。

「なんか……すごい扉かと思ったら普通の部屋の扉ですね」

なんならこの魔王城の私の部屋の扉より小さいし、装飾もされていない。

「むだに飾る必要はないからな。ただの通路だ」

ヴィンフリートさんが扉を開ける。

「おぉ……」

扉の先は真っ暗闇だった。

「これ入っても本当に大丈夫ですか？　地獄の門に繋がっていたりしませんよね？」

「そんなところに繋げてどうする。それに現実にあるところにしか繋げられない」

転生者の私にとってはこの魔王城も現実離れしているんですけど。

そう思うけどそういうわけにはいかない。

私はおそるおそる足を踏み入れた。真っ暗な闇の中を進むのはなかなかに勇気がいる。方向が合っているのかわからないまま、真っすぐに進む。一歩一歩ゆっくり進むと、光の気配を感じた。

と同時に気付いたらグリネイル城についていた。

なぜグリネイル城だとすぐにわかったかというと、玉座に座るぽっちゃりグリネイル王と目が合ったからだ。

玉座の間にゲート作っちゃったの？　なんで？　他に絶対場所あったでしょう？　魔王城なんて私の部屋に近いからとかいう理由で廊下にひょっこり作ってたよ⁉

「お、おお！　聖女！　よくぞ帰って来た！」

国王陛下が興奮した様子で私に駆け寄って来た。たぷんたぷんほっぺが揺れてかわいい。

「無事に戻って来てなによりじゃ！　大変じゃったろう！」

「え、ええ……まあ……」

確かにいろいろあって大変だった。しかし一番大変だったのはあなたの娘に転移させられたことだ。

そう言えば、彼女はどうなったんだろう……。

魔族の町にはアルフレッド一人だけだったし、王女様の実力で、そのまま旅を続けているとは思えない。この城に戻っている可能性が高いかと思ったけど……。

私が何か訊ねる前に、国王はうんうん頷いて、そばにいたヴィンフリートさんに声をかける。

「おお。そなたが魔王殿か？」

「そうだ。初めて会うな、人間の王よ」

「はは、わしは人間の王代表ではないぞ。人の国は国が多くてのう。お主が今いるのはグリネイル王国と言ってな。わしはその国の王になる」

「そうなのか？　人間の文化はよくわからないな」

「これからいろいろ知ってくれ！　せっかくお互い歩み寄ることにしたんだからの。それから……」

そして国王陛下はヴィンフリートさんに頭を下げた。

「かつて人間がしたこと、代わりに謝らせてくれ。すまなかった」

「気にするな。もう遠い過去のことだ。今ではそのときを知る者は、魔族にだっていない。過去は過去。今は今だ」

「そう言ってもらえると助かるのぉ」

ヴィンフリートさんの言葉に国王陛下は嬉しそうに笑った。

「これからは友好国としてよろしく頼む」

「ああ。よろしく」

ヴィンフリートさんと国王陛下が握手を交わす。国王陛下がこんなに魔族の王であるヴィンフリートさんに好意的なら、きっとそのうち人間側の認識も変わるだろう。

「そうだ。魔王殿にもぜひ式典に出てもらいたいのだが」

「俺が？」

寝耳に水だったのか、ヴィンフリートさんが首を傾げる。

「勇者と聖女とともに、魔物を倒してくれたのは事実であるし、今後魔族とも仲良くするために、国民にお主が害がないということを知らせたほうが、お互いいいかと思うのだが」

「ふむ……」

ヴィンフリートさんは顎に指を置いて考えた。

「確かにその通りだな。できれば人間側からの魔族への偏見《へんけん》をなくしたい。俺も参加しよう」

「おお、良き返事がもらえてよかった！　ではさっそく」

国王が手を上げると、侍女さんが数名私たちに近寄って来た。

「この者たちに、式典の服をこしらえてくれるか？」

「かしこまりました。では皆様こちらに」

侍女さんに腕を引かれそうになって、慌てて私は国王に言った。

「ま、待ってください！　その式典なんですけど、なしにできませんか⁉」

断れるものなら断りたい。目立つことは嫌いなのだ。

式典に出たら私の悠々自適な平凡ライフが送れなくなる！

「そうは言っても、もう国民には通達してしまっているから……どうかわしの顔を立てると思って！」

国王が瞳を潤ませてこちらを見つめてくる。これ確信犯でしょ。私が戻る前に国民に知らせるって確信犯以外の何者でもないでしょ。

でももう国民に知られてしまっているのなら今更出ないわけにもいかないし、こんなつぶらな瞳で見られたら降参するしかない。うっ、国王陛下やっぱりフォルムが可愛い。マスコット感すごい。

「わかりました……出ます……」

「ありがとう！　ではさっそく服の試着を！　あ、勇者と魔王殿の分もな！」

「かしこまりました」

侍女はてきぱきと動き、私とアルフレッドとヴィンフリートさんをそれぞれ別室に案内した。アルフレッドが「レイチェルと同じ部屋がいい」とぼやいていたのは華麗にスルーされていた。この人できる。

「ではこちらに立ってください」

「あ、はい」

指示されたところに立っていると、白いドレスを持ってきてくれた。ゴテゴテしたドレスではなく、シンプルでありながら洗練されたドレスだ。

「なんていうか……聖女感すごいドレスですね」

「聖女様が着るものですから」

私のお馬鹿丸出しの感想に、侍女さんがにこりと笑う。この人やっぱりできる。

「少し詰めれば大丈夫そうですね。大きな直しは必要なさそうです」

「それはよかったです」

あっさり終わって安心したのもつかの間、他の侍女さんがどんどん部屋に入ってきて、宝石や靴や手袋を大量に持ってきた。

「では次はドレスに身に着ける宝石などを決めなければ」

「この中からですか？」

私は大量の装飾品に囲まれて顔が引き攣る。

「ええ……ここからが長いですよ」

「ひえ！」

重いドレスを着てああでもない、こうでもない、と何度も靴を履いたりネックレスを付けたりするのはなかなかに骨が折れた。

これをお貴族様は毎日やってるのか……悠々自適に暮らしてると思ったけど、なかなか骨が折れる……。

「このネックレスは？」

「少し地味じゃないかしら？」

「これは？」

「うーん……今度はシンプルすぎる」

正直どれも素敵だからどれでもいいですよ……。

そう思うけれど白熱《はくねつ》した侍女さんたちはそれを伝えても止まりそうにない。

結局終わった頃には夜になっていた。

「今日は王城に泊まってください」

侍女さんに案内されたのは、旅立つ前に泊まった部屋だった。

確かにもう遅いから泊まるのがいいだろう。何よりクタクタだ。

私はそのままベッドに倒れこんだ。

「お風呂も大変だった……」

侍女さんたちがお風呂の介助をすると申し出たのだ。とんでもない、恥ずかしさしかない。

自分でできると主張するも、通らなかった。

丁寧に丁寧に洗い上げられ、今の私に汚れた部分は存在しないように感じる。

お姫様は毎日こういう対応されるのか……大変だな……。

「そういえば……」

王女様を見ていない。国王陛下に聞くタイミングも逃してしまった。

彼女はどうなったのだろう。私を転移させたことはアルフレッドにバレてしまっていたけど……。

「明日王様に聞いてみようかな……」

私は一つあくびをして眠りについた。

◇◇◇

「うぅ、ん？」

私は人の気配を感じて目を開けた。

「わ！」

私のベッドのすぐ横に、王女様が立っていた。

「お、王女様⁉」

暗い部屋の中、トイレに行くときのために消さずにいた、わずかばかりの明かりだけで佇《たたず》んでいる姿は幽霊のようだ。うっすらランプに照らされる顔は、まるでお人形のように綺麗だった。

「こんばんは、レイチェルさん」

王女様が愛らしい笑みを浮かべる。しかしその表情になぜか無性に恐怖を感じた。

「どうしてここに……？」

「あなたに会いに来たの」

にこにこ。にこにこ。

王女様は笑っている。なのになぜこんなに恐ろしいのか。

「あなた、式典に出るんですって？」

「あ、はい……そうらしい、ですね……」

私は距離を取ろうと、少しずつ少しずつ、王女様とは反対側に移動する。

「この横取り女」

一瞬で王女様の声音が変わった。

「本当ならその式典に出ていたのはわたくしなのに。なんであなたが。許さない許さない許さない許さない」

笑顔も消えた王女様に悪い予感がして慌ててベッドから降りると、私がいたところにナイフが突き立てられた。

「ひっ」

枕に刺さったナイフを見て、血の気が引く。

よりによって顔を狙うとは。

これは本気で殺す気だ。

「なんであなたが。わたくしがヒロインだったのに。どうしてわたくしが悪人にされなければいけないの」

王女様がナイフを枕から引き抜いた。

「わたくしはただあるべきルートに戻すためにあなたを消そうとしただけなのに。だって、本来あなたは旅にいないのよ？　おかしいじゃない。だからゲームの通り、魔物に襲われたらいいと思って、魔王のところに送ってあげたのに」

ゆらゆらとした足取りで王女様が一歩一歩こちらに近付いてくる。

私は王女様が一歩歩くごとに後ろに下がる。

残念ながら出口は王女様側にある。筋肉のない私の足で走っても扉を開ける前に王女様に捕まってしまう可能性を否定できない。

窓から飛び降りる？　でもここは三階だけど、いける……？　私の筋肉のない足で着地なんてできるとは思えない。

どうしよう。頼みの綱の白魔法は、人間を攻撃できない！

「せっかく転移させたのに……どうしてあなたまだ生きているの？　しかも魔王と仲良くなった？　魔物を消滅させた？　おかしいじゃない……そんなのゲームになかったじゃない！」

王女様が憎悪のこもった目でこちらを睨みつける。

「あなたに全部奪われた……わたくしの地位も、名誉も、そしてヒロインの座も……だから取り戻すの」

王女様の手にしたナイフが月明りで光った。

「あなたを殺して」

王女様がこちらに走ってくる。光るナイフが目に入るが、恐怖から身体が動かない。

今度こそ死ぬ。

私はそう覚悟して目を瞑った。

が、衝撃は来なかった。

王女様が黒い縄のようなもので拘束されたからだ。

「これは……魔法？」

「そうだ」

私の疑問に答えたのは、よく知った声だった。

「ヴィンフリートさん！」

部屋の出入り口である扉からすぐのところに、ヴィンフリートさんが立っていた。

隣にはアルフレッドもいた。

「レイチェル！　大丈夫⁉」

アルフレッドがこちらに駆けよって抱きしめてくれた。私は身体の力が抜けてアルフレッドに身体を預ける。

「ごめん、腰が抜けた……」

「気にしないで。助けるのが遅くなってごめん」

アルフレッドが強く私を抱きしめる。

怖かった。魔物の発生源に襲われたときより怖かったかもしれない。

そうか。なんだかんだあれは私の魔法で対応できたから……。

私は人間に対してはとんでもなく非力なんだ。

襲われたら反撃もできない。筋肉はないし、魔法は相手に効かない。相手が悪意を持って襲ってきたら簡単に死んでしまう。

力がないって、なんて恐ろしいんだろう。

人の悪意が怖い。

「これを解きなさい！」

王女様がヴィンフリートさんに向かって怒鳴る。

「外すわけがないだろう」

「わたくしはこの国の王女よ！　わたくしにこんなことしてただで済むと思っているの⁉」

「お前はまだ自分が王女だと思っているのか？」

ヴィンフリートさんが心底王女様を馬鹿にした目を向ける。

「お前は聖女に手を出した時点で王族から除名されている。つまり今はただの平民だ」

「嘘よ！　お父様がそんなことお許しになるわけないわ！」

「何を根拠にそう言っているんだ？」

「だってわたくしは愛されているもの！」

確かに王様は王女様を溺愛していた。旅に出る前の、娘を目に入れても痛くないという表情をしていた国王陛下を思い出す。

「だがそれは犯罪者になる前のお前のことだろう」

「わたくしが犯罪者ですって⁉」

王女様が心底理解できないというように大きな声を出した。

「犯罪者はあの子でしょう！　わたくしのものをどんどん横取りして！　盗人猛々《ぬすっとたけだけ》しい！」

ヴィンフリートさんが深くため息を吐いた。

「王女の地位も、名誉も、何もかも自分でドブに捨てるようなことをしたのは自分だろう。いくら王族でも罪のない人間殺しは犯罪だ」

「わたくしは殺していなかったわ。ただ魔王のところに送っただけ！」

「だが死なせるつもりだっただろう？」

ギロッとヴィンフリートさんが王女様を睨みつける。

「魔王が魔物を生み出すと人間は思っていた……そんなところに送るということは、そこで死んでもらおうと思っていたということに他ならない。……殺人と変わらない」

「そんなの屁理屈よ！　実際死んでないんだからわたくしは無罪だわ！」

王女様の主張に、アルフレッドもふう、と息を吐く。

「魔王、この馬鹿にはどれだけ言っても無駄だ」

アルフレッドの言葉に、王女様が呆然とする。

「馬鹿……わたくしが……？　そんなこと勇者様が言うはずない……勇者様は優しくて強くてわたくしを愛してくれるはずなの……」

「それは俺じゃない。あんたが勝手に思い描いている勇者だろう」

「そんなことない！」

王女様が激高する。

「この女が！　この女があなたを変えてしまった！　すべてをもとに戻さないと！　この女さえいなければ……！」

ギラギラした私を見つめるその目には、あきらかな殺意が窺えた。

「……ダメだな、これは。話してどうにかなる相手ではない」

「同感だ」

ヴィンフリートさんの言葉にアルフレッドも頷く。

そのとき扉が大きく開いた。

「ご無事ですか！」

そこにはたくさんの兵士と、その先頭にはブランドンさんがいた。

「ブランドンさん！」

なんだかいろいろありすぎてすごく久しぶりに会った気がする。

「聖女様、助けに入るのが遅くなり申し訳ございません」

ブランドンさんが私に向けて頭を下げた。

「まったくだ」

「ヴィンフリートさん！」

私はヴィンフリートさんを窘《たしな》める。

「気にしないでください。私はこうして無事ですから」

私はブランドンさんに頭を上げるように催促する。ブランドンさんは渋々頭を上げてくれた。

「本当に面目ない。侍女の一人が、聖女様に謝りたいと王女が言ったのを真に受けて、牢から出してしまったのです」

「王女様、牢にいたんですか？」

私は驚いた。王女様が牢に入るなどまったく考えてなかった。

何かしても彼女はこの世界のヒロインだから、王女様だから……だから重い罪に問われることはないと思っていた。

「聖女様が王女に転移された件を重く受け止め、魔法を使えなくした上で、罪を犯した王族が入る牢に入れられました」

だから王女様は私に異様《いよう》に怒っていたのだ。自分の今までの生活も何もかもなくなってしまったから。

だがそれははっきり言って自業自得だ。私がやったことではないし、自らの行いのせいである。

「あなたがいなかったら牢になんて入らなかったのよ！　消えなさいよ！」

「……あの通り、牢に入ってからも一切反省せず、あなたへの恨みを募らせていたので、何かないよう注意はしていたのですが」

「注意してもどうにもならないことはありますから」

今は正気を失っているが、あの愛らしい顔で謝りたいと健気なことを言われたら信じてしまう人はいるだろう。

「その侍女さんも、あまり責めないでくださいね。……それとちょっと気になっているのですが」

「なんでしょうか」

「どうして敬語になっているのですか?」

旅をしていた頃は確かにブランドンさんは私にため口だった。今聞くことではないかもしれないが、気になる。

「あのときはあなたが緊張せずに私と接することができるように配慮しました。畏《かしこ》まられるのを嫌われるタイプに見えましたので、そうすると道中疲れてしまうだろうと。出会いが出会いだったので、そのときの口調で道中は過ごさせてもらいました。今後はあなた様が正式な聖女となることも決定しているため、今更ですが、こうして話をさせていただいております」

なるほど……確かに旅の間、こんなに丁寧に接されたらやりにくくて仕方ない。私は村娘だから、傅《かしず》かれることには慣れていない。敬語で恭《うやうや》しく接してきたら、きっとブランドンさんとの付き合い方に悩んでいたことだろう。ブランドンさんの判断は正解だったと思う。

「何よ……ブランドンまで聖女様、聖女様って……本物の聖女はわたくしよ!」

王女様は往生際悪く私に噛みつく。その姿はとてもヒロインとは思えない醜さだった。

あんなにゲームでは愛らしかったのに、どこで間違ってしまったのだろう。

いや、彼女は王女様ではない。中身が違うのだから、そもそもあのヒロインになるには無理があったのだ。

「ねえ……あなた本当にゲームやってた？」

「何それ、馬鹿にしてるの？」

馬鹿になどしていない。単純に確認しておきたくなったのだ。

「わたくしはこのゲームが大好きで大好きで何十回もやったわ！　なのにゲームの正式名称も覚えてないような女に聖女の座を奪われるだなんて……！」

王女様が悔しさで唇を噛み締める。

「それだけやっているなら……なんでもっとヒロインになり切れなかったの？」

「は……？」

私の指摘に、王女様が固まった。

「あなた今の姿がゲームのヒロインと重なる？　重ならないでしょう？　ゲームの中の王女様は心も清らかで、誰かに嫉妬なんかしない。いつも穏やかで、嫌がらせなんてもっての外《ほか》……でもあなたは？」

私は王女様の目を真っすぐ見つめる。

「あなた、本当に自分がヒロインにふさわしい人間だったと思うの？」

「……！」

王女様は唇を震わせる。

「この世界はゲームの世界だけど……現実でもあるの。ここにいるみんなただのキャラクターじゃなくて、思考を持って、生きている。あなたの遊びに付き合う道具じゃないの」

王女様は身体を震わせていた。

「だって……だってわたくしはヒロインなのに……どうして……」

王女様は瞳から涙をあふれさせた。

「誰もわたくしを愛してくれない……」

愛されたかった。愛がほしかった。愛されるはずだった。彼女はそう言って泣いた。

「ヒロインになって愛が得られると思ったのに……どうして？　どうしてなの？」

「愛されていたじゃない」

私の言葉に俯《うつむ》いて泣いていた王女様は顔を上げた。

「あなたのお父さんは……陛下はきちんとあなたのことを愛していたのに」

可愛い子だと、王女様をこちらに紹介する陛下の表情は、子供を溺愛する親だった。

　きっと愛情をいっぱい注いでいるのだろうことがよくわかる、ただの父親だった。

「その陛下をただのキャラクターの一人としか見ていなかった……愛情がほしいと言いながら誰も愛さなかったのはあなたじゃない」

　愛をもらっていた。ただ、それを愛と思わず、ストーリー上の一コマだと片付けてしまったのは、王女様だ。

「だって……王様はただのモブキャラで……だって……なんでよ……なんで……」

　きっと内心わかっているだろうに、王女様は認めない。

「わしが悪かったのだ」

　突然聞こえた声に振り返ると、悲しい顔をした王様がこちらを見ていた。いや、王女様を見ていた。

「わしが可愛がりすぎた……もっと厳しくするべきだった……」

　王様は……本当に切なそうに、娘を見る。

　その表情は、国王としてではなく……一人の父親の顔だった。

「王妃が残した忘れ形見……愛した女性が最後に残してくれた、彼女にそっくりな子供……大事に大事に育てたつもりだった」

王様の表情は悲し気だ。

「大事に……しすぎたんだな……」

「お父様……」

おそらく、王女様がようやく国王陛下を『父親』として見た瞬間だった。

もっと早く気付けていたら……そう思うがもう遅いのだろう。

私は父親の顔を捨てた国王の顔を見てそう思った。

「お前はもう王族ではない。聖女に危害を加える危険がある人間を、野放《のばな》しにもできない」

「え……？」

自分に優しい父親が、いきなり変わったことに動揺しているのか、王女様は呆けたような顔をしている。

彼女もきっと気付いたのだ。もう父と子の絆は断たれたと。

「牢屋にいれるだけではダメだった。いずれ聖女が許したら出そうと、つい甘さが出てしまった……だが、それではダメだ。もうお前は許されないところまで来てしまった」

王様は、目を伏せた。

「西の塔へ」

「……！　お父様⁉」

西の塔……それはゲームでも出てきた場所だ。

罪を犯した王族が行く場所……もう二度と出てこられない場所だ。

王様の後ろから兵士が出てきて、王女様を拘束していく。

「は、離しなさい！　わたくしを誰だと思っているの⁉」

「あなたはすでにただの罪人です」

「なんですって⁉　わたくしは……わたくしはっ！」

いつの間にか黒い縄は解かれ、兵士によって縄をかけられた王女は、引きずられながらこちらを睨みつける。

「どうしてよおおおおおおお！」

彼女の叫び声が遠ざかっていく。

私は悪くない……だけどなんでだろう、胸が苦しい。

私が何もしなければ……負けヒロインのままでいればよかったのだろうか。

思い悩む私の肩に誰かの手が乗った。

アルフレッドだった。

「レイチェルは何も悪くない」

――そう、悪くない。

そうだ、私、何も悪くない。

自分のために努力したのも悪くなければ、レニおばさんを助けたことも後悔していない。

もしもう一度初めからやり直せると言われても、私は同じ選択をする。

「聖女殿……迷惑をおかけした……」

国王陛下が頭を下げる。

「いえいえ！　どうか頭を上げてください！」

一国の王がそんなに簡単に頭を下げてはいけない。

「あの子も昔はいい子だったんじゃ……いつか……いつの頃か人が変わったようになることがあって……」

おそらくその頃に前世の記憶を思い出したのだろう。

王女様も、前世の記憶がなければ普通の王女としての暮らしがあったはずなのに……。

それこそヒロインとして生きていたかもしれない。

でもそれはただのタラレバだ。

今は、彼女がどうか少しでも反省して、心穏やかに過ごせるように祈るだけだ。

「魔王殿もせっかく来てくれたのに、騒がせて申し訳なかった」

「聖女は我が国でも英雄だからな。何かあれば助けるに決まっている。礼には及ばない」

ただ、とヴィンフリートさんがこちらを見た。

「ひとつ提案がある」

「ほう、どういった……？」

王様は、娘の不祥事《ふしょうじ》ということで、なにか請求されるのかと恐れるように、訊ねる。

「大したことではない。そちらとしてもいいことだろう。これから魔族との交流をしていくことを考えると、悪いことではない」

ヴィンフリートさんがこちらを見てニヤッと笑う。嫌な予感がする。

「この国との友好の証として、聖女との婚姻《こんいん》を認めていただきたい」

……ん？

「こん、いん？」

ってなんだっけ？　こんいん……婚姻……婚姻って……。

「結婚⁉」

私とヴィンフリートさんが結婚するってこと⁉

「なるほど……。聖女が魔族の国に嫁《とつ》げば、人間側の魔族側の嫌な印象もある程度払拭《ふっしょく》できるし、わが国としては魔族に恩を売れる……一石二鳥ですね」

王女様のことは部下に任せ、部屋に残っていたブランドンさんが冷静に分析してくれる。そういうの今はいいです。

確かに外交的にそれがいいだろう。この国に未婚の姫はいないから、政略結婚もなかなか難しい。

でもだからっていきなり私と結婚だなんて！

「おお、それはいい――」

「ちょっと待った！」

王様が乗り気な返事を返しそうなところで、その言葉を遮るように止めに入った人物がいた。

アルフレッドだ。

「レイチェルは俺と結婚するんだ！」

「え⁉」

思わず驚きの声をあげると、アルフレッドも驚いた表情をする。

「なんでレイチェルが驚いてるの⁉　約束したでしょう⁉」

「約束なんてした⁉　いつ⁉」

「五歳の時と宿屋で！」

「五歳はさすがに無効でしょう⁉　宿屋……あ、あのとき……」

私はアルフレッドと旅に出てすぐにアルフレッドから結婚どうこう言われたことを思い出した。

でもアルフレッドは普段からそれっぽいこと言っていたし、冗談だと思っていた。どうせ王女様と結婚すると思っていたし……。

「まさかあれ本気だったの……？」

私の言葉にアルフレッドはショックを隠せない様子だった。あきらかにショックと書いてある顔に、罪悪感でいっぱいになる。

「本気に決まってるじゃないか！　レイチェルは俺の気持ちを弄《もてあそ》んだの⁉」

「待って人聞き悪いこと言わないで！」

王女様がいたからとか、負けヒロインだからだとか、言い訳をしたいがどれも説明するのは難しい。

だが、ここで下手に弁明したら結婚する流れに持っていかれるので我慢する。絶対そういう流れに持っていかれる。アルフレッドはそういう男だ。

私とアルフレッドの話を聞いていたヴィンフリートさんは一つ頷いてアルフレッドに言い放った。

「残念だったな……レイチェルは俺のほうがいいそうだ」

「そんな話はしてませんけど⁉」

どこをどういうふうに読み取ったらそうなるの⁉

「だけど、実際魔族と人間が友好関係になるには、聖女と魔王の結婚が一番手っ取り早いぞ」

「そ、それは……！」

それはそうだけど！

「でも、いきなり結婚は！」

「そうだ！　そんな政治的な！」

アルフレッドがヴィンフリートさんを非難の目で見る。

「政治的なだけで結婚するわけじゃない。俺はレイチェルが気に入っている。レイチェル、どうだ？　俺との結婚は嫌か？」

「え……」

ヴィンフリートさんが秀麗な顔を寄せて訊ねてくる。やめて！　その顔はすでに綺麗すぎて凶器！

「い、嫌というか……」

アワアワして即答できない私に、アルフレッドが国王に向けて声を張り上げた。

「国王！　俺がレイチェルと結婚する！」

「え……」

「俺とレイチェルが結婚したら国民の支持を得られるぞ！」

確かに聖女と勇者が結婚したら、それは盛り上がるだろう。

いや、アルフレッド、さっき政治的な理由で結婚なんてどうのこうのって、言ってなかった？

私のジトッとした視線に気付いたのか、アルフレッドが私の手を握って真剣な表情をする。

「もちろん俺はレイチェルが大好きだからレイチェルと結婚できればそれでいい」

「え？」

戸惑っていると、アルフレッドとは逆の手をヴィンフリートさんに取られる。

「付き合いは短いがお前の良さはよくわかっている。ニコも待っているぞ」

「え？」

右にアルフレッド。左にヴィンフリートさん。

美形二人に囲まれているのに、私はダラダラ冷や汗を流していた。

「「どっちにする？」」

「ひぃ！」

拝啓、田舎にいるお父様、お母様、リル。

私はまだまだ村に戻れそうにありません。

ショートストーリー

実家がいい

思ったんだけど、私はいつ家に帰っていいんだろうか。

旅が終わったらさっさと帰ろうと思ってたのに、王城の一室を与えられ、なぜかそのまま暮らしている現状が数日続いている。

いや、おかしい。本来ここに住んでいるべきだった正ヒロインであり、王女様だったローザがいなくなったのに、いつまでも私がここにいるのはおかしい。

「レイチェル、あとで散歩行こうよ」

そしてなぜか隣の部屋にアルフレッドが住み着いてしまっているのもおかしい。

いや、ゲームではエンディングでアルフレッドが王女様と城で暮らしていたから、正しいのか？

「アルフレッド」

「何？　レイチェル」

にこにこしているアルフレッドは現状をなんとも思っていなさそうで、自分がおかしいのかという気さえしてくる。

「私、いつまでここにいるのかしら」

メイドさんが少し前に置いていった紅茶を飲みながら訊ねた。

「え？　ずっとじゃない？　レイチェル聖女だから」

アルフレッドがなんてことない様子で言う。

いや、ずっと⁉　嘘でしょう⁉　このまま王城に永住しちゃう感じ⁉

「いや帰るよ！　お母さんたちに何も言ってないし！　私ただの村人だし！」

ちょっとあれやこれや余計なことをして聖女になっちゃっただけで、本来その立ち位置は私じゃなかったわけだし！

私は平凡な暮らしがしたいし！

「え……そうか……レイチェルついに決断してくれたんだね？」

「え？」

アルフレッドが顔を赤らめてもじもじしている。何？　今の会話のどこにそんなふうになる要素あったの？

「じゃあ俺も一緒に帰らないと」

「え？　なんで？」

「なんでって……」

もじもじもじもじ。アルフレッドは照れ顔をこちらに向けた。

「だって、レイチェルとの結婚報告しないと」

………。

「はい？」

私は聞き間違いかと思い、聞き返した。いや聞き間違いであってほしい。

「だって、村に帰って報告するんだろう？　俺たちのこと」

何か報告することがあっただろうか。ないはずなんだけど、アルフレッドの脳内では私の知らない事実が存在しそうで怖い。

「アルフレッド、冷静に話し合おう」

「俺は冷静だけど。レイチェルのお父さんにぶん殴られる覚悟はあるよ」

いや、そもそもぶん殴られる必要がないんだってば！

「新居はどうする？　村では結婚したら親と同居も多いけど、やっぱり二人で暮らしたいよね？」

どうしよう、アルフレッドの脳内でどんどん私の生活が決められていく。

普通に実家に帰りたいです。

「何を勝手に決めてるんだ」

そこに聞き覚えのある声が聞こえた。

「ヴィンフリートさん！」

救世主だ。魔王だけど。

私はようやく話の通じる相手が来たと思い、期待を込めてヴィンフリートさんを見つめた。ヴィンフリートさんは頷く。

「レイチェルは魔王城で暮らすほうがいいに決まっている」

違った燃料投下しに来ただけだった。

「は？　何言ってるんだ？　レイチェルは俺と村で暮らすんだ」

「いや、魔王城にはもうレイチェルの生活基盤もできている。魔王城で暮らすほうがレイチェルもいいはずだ」

「レイチェルは畑仕事も好きなんだ」

「魔王城の風呂も好きだ」

勝手に私抜きで言い争いが始まり、私は静かに紅茶を飲み干して窓を眺めた。

「住み慣れた実家がいいです……」

その声は誰の耳にも届かなかった。

あとがき

初めまして！　沢野いずみと申します。

『負けヒロインに転生したら聖女になりました』をお手に取っていただきありがとうございます！

今回私史上初の、一からの書き下ろし紙書籍&異世界転生物でしたが、いかがでしたでしょうか？

皆様に受け入れられたか、ドキドキでございます。

ずっと書きたくて、なんだかんだタイミングを逃していた異世界転生物に手が出せて、書いていてとても楽しかったです！

私にしては珍しく、今回ヒーロー役が二人いましたが、皆様はどちらのヒーローがお好みでしょうか？

ヤンデレ幼馴染は私が昔から好きなものでして、こうして書けて嬉しかったです！　彼はきっとこれからもレイチェルをねちっこく追いかけ回すと思います。

そして大人の包容力も私が昔から好きなのですが、こちらはそっと見守りながら静かに囲っていくスタイルな気がします。

どちらにしろ二人とも絶対逃がさないマンだと思います。ええ、そうですとも。私はヒーローがヒロインに執着する話が好きです。

今回の作品、ゆき哉先生のイラストも大変美麗ですので、ぜひじっくり見てみてください！　キャラデザのときから「好き」となっていました。好き。

本作品の出版に関して、尽力してくださった方々に、この場を借りて感謝を述べさせていただきます。ありがとうございました。

数ある書籍の中から、『負けヒロインに転生したら聖女になりました』をお手に取っていただいた読者様、本当にありがとうございました。

二〇二二年九月吉日

沢野いずみ

Jノベルライト文庫

♥没落確定の悪役令嬢に転生⁉
でも、夢が叶ってとっても幸せです‼

お菓子な悪役令嬢は没落後に甘党の王子に絡まれるようになりました

〔著〕冬月光輝　〔イラスト〕黒埼

　お菓子職人の卵という前世を思い出した伯爵令嬢レナは、ここが乙女ゲームの世界で、自分が悪役令嬢役だと気付く。

　翌日、料理対決中にやってもいない不正を婚約者に糾弾され婚約破棄。家族に見捨てられ、財産も没収されて平民となったレナは、王都の外れに菓子店を出し前世の夢を叶える。

　開店初日、閑散とする店内に銀髪の美青年が入ってきて――⁉

　今話題のお仕事ファンタジー！

発行／実業之日本社　定価／770円（本体700円）⑩　ISBN978-4-408-55753-3

Jノベルライト文庫

負《ま》けヒロインに転生《てんせい》したら聖女《せいじょ》になりました

2022年10月10日　初版第1刷発行

著　　者　沢野《さわの》いずみ
イラスト　ゆき哉《かな》
発 行 者　岩野裕一
発 行 所　株式会社実業之日本社
〒107-0062　東京都港区南青山5-4-30
emergence aoyama complex 3F
電話（編集）03-6809-0473
（販売）03-6809-0495
実業之日本社ホームページ　https://www.j-n.co.jp/
印刷・製本　大日本印刷株式会社
装　　丁　AFTERGLOW
D　T　P　ラッシュ

ISBN978-4-408-55754-0（第二漫画）